AF124924

Über das Buch

„Die Wiese" ist ein Schweizer Regionalkrimi. Er spielt in Zug und Zürich. Durch Sprachwitz, Ironie und die Verwendung von Klischees weist der Krimi parodistische Züge auf.

Im Zugersee wird eine Leiche geborgen. Die neu bei der Zuger Polizei arbeitende, unkonventionelle Ermittlerin Tabea Stocker glaubt nicht an einen Bootsunfall und gerät bei ihren teils eigenmächtigen Nachforschungen in den Sumpf kardinaler menschlicher Untugenden. Die Wiese, ein großes, unbebautes Seegrundstück, wird zum Nährboden für Macht- und Geldgier. Hat dies zum Tod eines Mannes geführt oder war es am Ende doch ein Unfall?

Über die Autorin

Karin Mörgelin wurde 1956 in Weil am Rhein geboren.
Nach ihrem Studium der Germanistik und Anglistik lebte sie einige Jahre in England. Dort und später in Frankfurt am Main komponierte sie eine Vielzahl von Songs mit eigenen Texten, die sie mit ihren Bands auch in Funk und Fernsehen aufführte. Die Songs sind in einem Songbook zusammengestellt.
Daneben schrieb und übersetzte sie Fachtexte und war Mitautorin eines Fachbuchs.
Sie arbeitete in England, Deutschland und in Zug (Schweiz) als Lehrerin.
Neben dem Kriminalroman „Die Wiese" ist ihr Roman „Tareks Dilemma" ebenfalls bei BoD erschienen.
Seit 2019 ist sie freie Schriftstellerin und lebt mit ihrem Mann wieder in Südbaden.

Karin Mörgelin

DIE WIESE

Ein Zuger Krimi

IMPRESSUM

Erste Auflage
© 2023 Karin Mörgelin
KHM-Autorin@posteo.de
www.karinmoergelin.de
Alle Rechte vorbehalten.

Herstellung und Verlag:
BoD - Books on Demand, Norderstedt
Layout und Umschlaggestaltung: Karin Mörgelin
ISBN 9783739244723

9 783739 244723

"Ein Weg entsteht, wenn man ihn geht."

Sprichwort

Kapitel 1

Punkt zwölf Uhr fuhren ein schwarzer Maserati Ghibli Cabriolet Vintage und ein silbergrauer Volvo XC60 auf den Parkplatz der Zugerbergbahn. Dem Maserati entstieg ein lässig gekleideter Bär um die vierzig, der einen aber nicht zum Knuddeln verleitete, und aus dem Volvo stellten sich zwei schwarze Lederschuhe und ein dunkelgrauer maßgeschneiderter italienischer Anzug auf den heißen Asphalt. Das Gesicht war unter einem breitkrempigen schwarzen Hut versteckt, beim Verriegeln des Wagens reflektierte eine goldene Uhr die mittägliche Sonne.

Die beiden gingen aufeinander zu und setzten kurz ihre Sonnenbrillen ab.

„Herr Ostrowsky, schön Sie zu sehen. Haben Sie gut hierher gefunden?", wollte der im grauen Anzug wissen.

„Herr Wyss. Einen schönen guten Tag. Auch in ein altes Auto kann man neue Technik einbauen. Mein mobiles Navigationssystem fand den Ort problemlos. Danke." Sie schüttelten sich die Hände und gingen zum Fahrkartenschalter.

„Lassen Sie mich das machen, Herr Ostrowsky", offerierte Wyss großzügig. Ostrowsky hatte sowieso keine Anstalten gemacht, sich eine Fahrkarte für die Bahn zu kaufen. „Danke, danke, mein lieber Wyss. Sie kennen sich hier besser aus."

Kaum hatten die beiden ein ruhiges Plätzchen besetzt, fuhr die Standseilbahn auch schon los. Vorbei an saftigen Wiesen und durch dunkelgrüne Waldstücke wurden die Passagiere auf den knapp 1000 Meter hohen Zugerberg transportiert.

"Hier lang", sagte Wyss nach dem Aussteigen und deutete nach rechts, wo sich das Restaurant Zugerberg befand. Sie betraten das Gasthaus.

„Wir haben reserviert", informierte Ostrowsky den Kellner, der ihnen den Eingang versperrte. „Ostrowsky. Zwei Personen. Fensterplatz."

Der Kellner verneigte sich leicht und führte die Gäste an ihren Tisch.

„Kann ich Ihnen schon etwas zu trinken bringen?" Der Kellner lächelte die beiden erwartungsvoll. Ostrowsky schaute fragend zu Wyss.

„Äh, ich nehme ein Glas Weißen." „Für mich ein Bier. Und die Speisekarte." Der Kellner nickte und verschwand.

„Traumhafte Aussicht." Hinter dem Panoramafenster erblickte Ostrowsky weit unten den See und dahinter die Alpen.

„Ja, wir haben hier ein schönes Fleckchen Erde erwischt", kommentierte Wyss stolz.

Nachdem die Getränke serviert waren und sich beide für den Niederwiler Zuchtsaibling mit Kräuterrahmsauce auf Gemüsereis entschieden hatten, übernahm Ostrowsky die Gesprächsführung.

„Um noch einmal auf das schöne Fleckchen Erde zurückzukommen, Herr Wyss. Ich will nicht lange drumherum reden: Mich interessiert diese Wiese am See. Sie wissen, welche ich meine?"

„Ich gehe davon aus, Sie meinen die 6000 Quadratmeter große *Schützenmattwiese* in der Nähe des Jachthafens? Das ist schwierig. Die Stadt ist sich noch nicht sicher, ob sie das Grundstück verkaufen oder als Freizeitgelände für die Bürger der Stadt ausbauen soll. Es ist jetzt schon ein beliebter Platz zum Ballspielen, Picknicken und dergleichen. Andererseits – ein Investor mit einer guten Idee, die den Zuger Einwohnern Vorteile bringt, wäre durchaus auch denkbar." Das Gespräch wurde vom Kellner unterbrochen, der die Speisen servierte. Um sie nicht kalt werden zu lassen, begannen beide zu essen. Nach einer Weile nahm Ostrowsky das Gespräch wieder auf. Er klaubte sich eine Gräte aus den Zähnen und spülte mit einem Schluck Bier nach.

„Meine Ideen sind gut. Was würde das Gelände kosten?"

„Wir sprechen da von gut 16 Millionen Schweizer Franken. Zug ist ein teures Pflaster und die Wiese am See ist ein Filetstück der Gemeinde. Welche gute Idee schwebt Ihnen vor?"

„Ein Wellness-Hotel. Premium Klasse."

„Oh! Schwierig, schwierig. Ich glaube nicht, dass wir das im Gemeinderat durchbekommen. Was brächte das der Zuger Bevölkerung?"

„Mehr Touristen, mehr Steuereinnahmen für andere Projekte, eine tolle Sauna- und Pool-Landschaft. Ferien zuhause – bestimmt fällt Ihnen auch noch etwas ein. Ich zahle 20 Millionen und erlasse Ihnen Ihre Spielschulden bei mir für Ihren persönlichen Einsatz in dieser Sache. Überlegen Sie gut. Andernfalls … Sie wissen, was ich meine."

„Aber, aber, Herr Ostrowsky, wir sprechen hier nicht von Bestechung und Erpressung, oder? Das hören wir hier in der Schweiz nicht gern. Außerdem: Ich kann ja gar nichts entscheiden," versuchte Wyss sich herauszureden. Er war blass geworden und fühlte sich sichtlich unbehaglich.

„Ich rede von Einsatz und Erfolg, Herr Wyss, nicht von Entscheidung." Ostrowsky beugte sich über den Tisch in Richtung Wyss und grinste verschlagen. Die Kräuter der Sauce hatten sich in einer unregelmäßigen Reihe auf seinen Zähnen niedergelegt. „Und außerdem: Es bleibt Ihnen keine andere Wahl." Wyss drehte den Kopf in Richtung Fenster, um einer leichte Übelkeit Einhalt zu gebieten.

„Nun gut." Er zwang sich, sich wieder Ostrowsky zuzuwenden und schaute ihm in die bedrohlich blickenden dunklen Augen. „Schicken Sie mir Ihre Pläne per Mail und ich schau, was ich machen kann."

„Das klingt doch schon besser. Darauf müssen wir anstoßen." Noch bevor Wyss etwas entgegnen konnte, hatte Ostrowsky schon den Kellner herbeigewinkt. „Zwei Wodka, und bringen Sie mir die Rechnung."

Auf der Fahrt ins Tal wurden noch ein paar Belanglosigkeiten ausgetauscht, dann stieg jeder in seinen Wagen und fuhr davon. Wyss hatte seine Übelkeit nicht wirklich in den Griff bekommen. Im Gegenteil: Während der ganzen Fahrt zurück zum Baudepartement plagte sie ihn zunehmend. Er musste sich beruhigen.

„Ach, der Herr Stadtrat ist zurück vom Mittagessen", begrüßte ihn Regula, seine Sekretärin mit vorwurfsvollem Ton.

„Guido, du weißt schon, dass in einer halben Stunde das Meeting wegen dem Bauantrag am Hirschenplatz stattfindet. Ich hab dir die Unterlagen auf den Schreibtisch gelegt. Wäre gut, du würdest nochmal reinschauen."

„Du bist wie eine Mutter zu mir, liebe Regula. Was wär ich ohne dich?" Wyss lächelte, was ihm nicht besonders gut gelang und ging an ihr vorbei in sein Büro. „*Schiiss* Bauantrag," murmelte er vor sich hin. „Ich hab jetzt wirklich andere Sorgen."

Nach dem Meeting nahm Wyss seinen Parteikollegen von der FDP, Hans-Ruedi Temperli, zur Seite.

„Sag, Hans-Ruedi, wie stehst du persönlich eigentlich zum Verkauf der *Schützenmattwiese*?"

„Ich finde es eine gute Idee, wenn der Verkauf mit einem guten Projekt verbunden ist. Du bist ja

eher dagegen, wie ich dich in der letzten Gemeinderatssitzung verstanden habe. Oder?"

„Ja, das stimmt. Aber ich bin auch nicht mehr
ganz sicher. Außerdem hätte ich da jemanden an
der Hand, der Interesse an einem Kauf bekundet
hat. Er wollte mir seine Pläne zuschicken."

„Aha! Sag mir Bescheid, wenn du die Pläne hast.
Ich würde gerne einen Blick darauf werfen, wenn
das okay ist."

„Sicher, sicher. Mach ich. Also, wir sehen uns."

„Äh, Guido, wer ist denn der Interessent?"

„Kennst du nicht. Du wirst's erfahren, wenn du
die Pläne kriegst. Sorry, aber ich muss los." Wyss
wandte sich ab und verließ eilig den Sitzungsraum.
Zurück in seinem Büro, dachte er nach.

Im Gemeinderat war man gespalten, was den Verkauf der *Wiese* anbelangte. Wyss ging im Kopf
noch einmal die Zahlenverhältnisse durch. Eine
Abstimmung hatte noch nicht stattgefunden, aber
man konnte in etwa annehmen, dass die Sozialdemokraten der SP, also seine Partei, und die Grünen der ALG-CSP eher dagegen waren, die FDP
und die CVP waren dafür und bei der SVP war er
sich nicht ganz sicher. Der kleine grün-liberale
Ableger, die glp, würde in diesem Fall wohl eher
noch mit den Sozialdemokraten und den Grünen
abstimmen. Der Gemeinderat setzt sich aus vierzig Mitgliedern zusammen. Also rechnete er sich
folgendes Szenario aus: SP, ALG-CSP und glp
könnten auf 19 Stimmen kommen, die FDP und

die CVP auf 14 Stimmen. Die rechtsbürgerliche SVP käme auf 7 Stimmen.

Wenn die SVP geschlossen gegen den Verkauf der *Wiese* wäre, ergäbe das ein Gewicht von 26 Stimmen dagegen und nur 14 dafür. Würden sie aber geschlossen für den Verkauf stimmen, kämen die Befürworter auf 21 Stimmen und die Gegner auf 19. Also, schlussfolgerte Wyss, musste er sich um die SVP kümmern. „Mal die Lage sondieren", brummelte er vor sich hin.

„Was willst du? Das Lager sortieren. Eine tolle Idee, Guido. Das wär schon lange mal nötig."

„Regula, du nervst. Was gibt es?" Wyss betrachtete seine Sekretärin, die im Türrahmen stand und frech grinste. Sie hätte sich wirklich mehr Mühe mit ihrer Kleidung geben können, befand er. Die halb durchsichtige, sommerliche, dunkelrote Bluse mit Blumenmuster hatte sie bestimmt bei diesem Kaufhaus gekauft, das alle anzieht und der viel zu enge graue Rock war auch nicht gerade Haute Couture. Zumindest wies das leicht glänzende Material auf einen billigen Stoff hin. Wenigstens hatte sie heute ihre braunen Locken einigermaßen in den Griff bekommen.

Als hätte sie seine Gedanken erraten, reichte sie ihm mit nun mürrischer Miene eine rote Mappe. „Hier sind die Unterlagen für die Gemeinderatssitzung nächste Woche. Du hast ja sicher schon deine Empfehlung für die Nutzung der *Schützenmattwiese* formuliert. Schick sie mir, damit ich sie für die Sitzung vorbereiten kann." Auf dem Absatz ihres halbhohen Pumps machte sie kehrt und verschwand im Vorzimmer.

Die Empfehlung konnte er jetzt in die Tonne werfen. Sie musste total umformuliert und mit hieb- und stichfesten Argumenten versehen werden. Vor allem die Mitglieder der SVP musste er überzeugen. Aber wie? Als er zum letzten Mal mit dem Fraktionschef Philipp Tanner gesprochen hatte, klang das gar nicht nach Verkauf der *Wiese*. Er konnte sich noch gut an das Gespräch nach der letzten Gemeinderatssitzung erinnern:

„Du, Philipp, wart doch noch einen Moment." Philipp Tanner drehte sich überrascht um. „Was willst du?" Wyss war sich bewusst darüber, dass er nicht gerade Tanners Liebling war. Der hielt ihn für einen eher windigen Typen.

„Es geht um die *Schützenmattwiese*. Sollte die Gemeinde selbst die Nutzung übernehmen oder das Grundstück verkaufen? Was meinst du?"

„Ich meine, durch einen Verkauf an eine Privatperson oder einen privaten Investor aus dem Ausland geht den Zugern wieder einmal ein Stück Schweizer Land verloren. Es gibt hier schon genug Firmen und reiche Ausländer, die Zug in Besitz genommen und weiter Interesse haben. Und von einem Schweizer Investor habe ich noch nichts gehört. Also eher nein. Kein Verkauf. Aber einen Plan für eine sinnvolle Nutzung der *Wiese* liegt ja auch noch nicht vor. Daran sollten wir arbeiten."

„Okay. Danke für deine Einschätzung, Philipp." Tanner nickte jemandem zu und verabschiedete sich von Wyss. Der packte die restlichen Unterlagen zurück in seine rote Mappe und wollte ebenfalls den Sitzungssaal verlassen, als ihm sein Freund Theo Landtwing den Weg versperrte. „Was hast du denn mit dem Tanner zu besprechen?", wollte er wissen.

„Ach, wollte nur mal hören, ob die SVP wegen der *Schützenmattwiese* auf unserer Seite steht." „Und?"

„Ja, sieht gut aus soweit. Ich glaub, die wollen nicht verkaufen."

„Das ist ja beruhigend." Landtwing entspannte sich. „Dann brauchst du deine Parteikollegen ja gar nicht mehr zu bearbeiten. Dann reicht es ja auch so." Er grinste erfreut und schlug Wyss auf die Schulter. Landtwing war ein karrierebewusstes Mitglied der linken ALG-CSP, die sich durch den Erhalt der *Wiese* für die Zuger Bevölkerung mehr Stimmen für seine Partei erhofften. Landtwing seinerseits erhoffte sich einen lukrativen Posten in der Profi-Politszene.

Ja, der Theo, dachte Wyss und schaute von seinem Schreibtisch auf, den muss ich auch bedenken. Für heute hatte er allerdings genug. Es war bereits nach fünf Uhr.

„Regula. Ich mach Schluss für heute", rief er ins Vorzimmer. „Die Empfehlung möchte ich noch einmal überarbeiten. Du kriegst sie in den nächsten Tagen."

Seine Sekretärin hatte sich ihrerseits auch schon für den Feierabend bereit gemacht und stand mit ihrer großen Tasche und ihrem kleinen Autoschlüssel an der Tür. „Ja, tu das, Guido, aber nimm dir nicht zu lange Zeit. Ich habe auch noch anderes zu tun." Sie grinste provokativ. „Ciao, Guido. Schönen Feierabend."

Wyss wollte den Kopf frei kriegen und fuhr mit seinem Wagen zum Hafen. Dort ging er zu seinem Segelboot und machte es startklar. „Meine kleine Beauty", flüsterte er leise und strich zärtlich über das glatte Holz auf dem Deck. Er navigierte das Boot aus dem Hafen und ließ sich vom Wind auf die Mitte des Sees treiben. Ihm fiel das Gespräch mit Ostrowsky wieder ein. Traumhafte Aussicht. In der Tat. Zwischen der dunklen Wand der Rigi und dem zackigen Gipfelgrat des Pilatus erstrahlten hinter vorgelagerten Hügeln und Bergen in drei verschiedenen Farbschattierungen von Blau die noch weißen Alpengipfel von Eiger, Mönch und Jungfrau. Und genau diese Kulisse würde sich vor den Augen der Gäste von Ostrowskys Hotel eröffnen. Wyss seufzte leise, drängte die Gedanken an den Russen beiseite und genoss die Ruhe, den leichten Wind und den Geruch des Sees.

Kapitel 2

Wyss stand mit seinem Wagen vor einer großen, grauen Betonmauer, in die das Tor zur Tiefgarage eingelassen war, betätigte die Fernbedienung und rangierte sein schwarzes Gefährt durch das geöffnete Tor auf seinen Stellplatz. Das moderne Haus, das seine Frau vor fünf Jahren von ihren Eltern geerbt hatte, stand in den oberen Reihen der Häuser am Zugerberg. Im Innern der Garage musste er erst einmal eine Treppe hochsteigen, bevor er die Wohnung erreichte. Er hasste es.

15 Stufen in einem engen, kalten Treppenhaus. Der ebenfalls graue Betonschacht war von grellem Neonlicht erhellt. Er fühlte sich jedes Mal wie auf einem Fluchtweg aus einem der Tunnels, die man in den Granit der Alpen gebohrt hatte oder an manchen Tagen noch schlimmer: wie in einem Grab. Das Gefühl, das aufkam, wenn man das Innere der Wohnung erreicht hatte, konnte unterschiedlicher nicht sein: Eine riesige Fensterwand öffnete den Blick auf die Altstadt, den See und weiter noch bis zum dem über Luzern thronenden Pilatus. Darüber hinaus konnte man heute wieder einen umwerfenden Sonnenuntergang betrachten, was Wyss aber alles ignorierte.

„*Hoi*, Guido", rief ihm seine Frau entgegen, „schön, dass du schon da bist. Da kannst du noch mit uns zu Abend essen. Wir haben eben erst angefangen." Es roch gut nach italienischen Kräutern und Knoblauch.

„Einen Moment noch", rief er zurück. „Muss nur noch schnell Hände waschen." Im Bad sah er sich im Spiegel an. Er wirkte noch immer angespannt. Mit ein paar Lockerungsübungen der Gesichtsmuskulatur und etwas kaltem Wasser versuchte er einen etwas gelasseneren Ausdruck zu erreichen.

„*Hoi*, meine Lieben." Er ging um den langen Holztisch und begrüßte seine Frau Patricia, seine Tochter Nadine und seinen Sohn Joel mit einem Wangenküsschen, bevor er sich auf seinen Platz setzte.

„Das *schmöckt* ja fein, was gibt's denn?"

„Tagliatelle alla Mamma", scherzte Nadine, während sie ihm Nudeln und die Sauce auf den Teller schöpfte.

„Ein Glas Roten dazu?", erkundigte sich seine Frau, die schon dabei war, ein Glas für ihren Mann zu füllen. „Mhm. Gern. Danke, Schätzchen." Sie prosteten sich zu und tranken einen Schluck.

Es war nicht oft in der letzten Zeit, dass er mit seiner Familie zu Abend aß. Er war fast ein wenig gerührt über ihre Freude, ihn dabei zu haben.

„Und, wie läuft es in der Schule?" Wyss schaute vom Essen auf und blickte auf seine zwei Kinder. Nadine war 17 Jahre alt geworden, die dunklen Haare zu einem straffen Dutt hochgebunden, die braunen Augen hinter einer dickrandigen trendy

Brille, hübsch, mit ein wenig Babyspeck, und eine fleißige Schülerin, die im nächsten Jahr ihre Matura machen würde. Bei Joel war er sich nicht so sicher. Er war 13, etwas klein geraten und immer zu blass, und er hatte keine Ahnung, wie es schulisch bei ihm weitergehen sollte. Für das Gymnasium hatte es bei ihm nicht gereicht und so vertrieb er seine Zeit auf der Sekundarschule, wo er entsprechend seinem Einsatz nur mäßige Noten nach Hause brachte.

„Ich hab eine Sechs in Englisch geschrieben und eine Fünfeinhalb in Geschichte." Nadine war schon daran gewöhnt, gute Noten bekannt zu geben. Ihr Gesicht zeigte weder Stolz noch Freude.

„Das ist doch sehr schön", lobte Wyss seine Tochter. „Und bei dir Joel, wie sieht's aus?"

„Du wirst es nicht glauben, aber heute haben wir was Cooles in der Schule gemacht", erzählte Joel begeistert. „Wir haben jetzt einen neuen Lehrer, der mit uns Computerunterricht macht. Ich hab ja zuerst gedacht, das würde langweilig werden, aber er hat gleich ein Projekt mit uns angefangen, wo jeder zeigen kann, was er schon drauf hat."

„Er oder sie", korrigierte ihn Nadine. „Ihr seid ja sicher nicht eine reine Bubenklasse, oder?"

Wyss und seine Frau schauten sich vielsagend an.

„Ich freu mich für dich, Joel. Da hast du doch Gelegenheit zu zeigen, was in dir steckt." Wyss klopfte Joel auf die Schulter. Heute Abend war alles gut. Sonst gab es immer irgendeinen Streit

oder einer von ihnen musste gleich wieder weg.
Wyss fühlte sich heute richtig wohl mit seiner Familie und war froh, dass er sie hatte.

Später am Abend, die Kinder hatten sich längst in
ihren Zimmern vor ihre Laptops platziert und
folgten ihren Lieblingsserien, sagte Patricia: „Es
war richtig schön heut Abend. Family quality time,
das haben wir nicht oft. Könnten wir das nicht
häufiger hinkriegen?"
„Ja, du hast Recht, Schatz, aber du weißt ja: Die
vielen Sitzungen, die meistens erst abends stattfinden, da kann ich einfach oft nicht bei euch sein."
Er wandte ihr seinen bedauerndsten Gesichtsausdruck zu.
„Das ist mir schon klar, Guido, aber ich würde
mich wirklich freuen, wenn du nach den Sitzungen
nicht noch ewig in Zürcher Spielcasinos versumpfen würdest. Das ist eine Sucht. Das muss dir
doch auch klar sein. Du solltest unbedingt etwas
dagegen unternehmen." Patricia schaute ihrem
Mann ernst ins Gesicht. „Bevor es zu spät ist."
Der legte seinen Arm über die Lehne des weißen
Ledersofas und um die Schulter seiner Frau.
„Ich weiß, ich weiß, aber ich war jetzt schon seit
gut zwei Wochen in keinem Casino mehr. Ich
schwöre dir: Ich bin auf dem Weg der Besserung.
Versprochen!" Und um dem Gesagten noch mehr
Ausdruck zu verleihen, küsste Wyss seine Frau
zärtlich auf die Lippen. Was er sich jedoch nicht

20

zu sagen getraute, war, dass sich seine Spielschulden ins Astronomische gesteigert hatten und er sich im Casino nicht mehr blicken lassen konnte. Ostrowskys Angebot war seine einzige Chance.

Als Wyss ins Schlafzimmer kam, lag Patricia mit einem durchsichtigen Etwas von einem Nachthemd, zurückgeschlagener Decke und leicht gespreizten Beinen auf dem Bett. Das Hemd war so weit hochgeschoben, dass er ihre rötlichen Schamlöckchen und die rosaroten Lippen sehen konnte. Während er sich in diesen Anblick vertiefte, spürte er, wie es in seiner Hose eng wurde. Er öffnete sie, ließ sie zu Boden gleiten, nahm sie von dort auf und warf das gute italienische Designerstück achtlos in die Zimmerecke. Ohne die Augen von Patricias Körper zu wenden, knöpfte er langsam sein Hemd auf, warf es ebenfalls in die Ecke und entledigte sich schließlich seiner restlichen Wäsche. Er neigte sich zu Patricia hinunter und flüsterte ihr ins Ohr: "Bleib so, wie du bist, bis ich aus dem Bad zurückkomme." „Ja, wie du willst", hauchte sie zurück. Sie war von seinen Worten noch mehr in Stimmung geraten. Als er aus dem Bad zurückkam, dimmte er das Licht, bis das Zimmer nur noch spärlich erleuchtet war. „Zieh dein Hemd aus und zeig mir deine Brüste." Wyss stand immer noch vor dem Bett und wartete darauf, seine Frau ganz nackt vor sich ausgebreitet zu sehen. Dann legte er sich über sie und ließ sein Glied ohne weiteres Vorspiel ganz langsam in ihre feuchte Scheide gleiten. Er erhöhte nach und nach die Frequenz, bis sie seine Stöße immer schneller und härter in ihrem Körper spürte. Dann brach er plötzlich ab, legte sich neben sie und wies sie an, sich auf ihn zu setzen und ihn zu Ende zu reiten. Er wusste, dass sie das mochte, weil sie dann die Bewegungen so gestalten konnte, dass sie beide gleichzeitig kamen.

Sichtlich besser gelaunt, betrat Wyss am nächsten Morgen in seinem hellen Leinenanzug und dem lichtblauen Hemd mit dem winzigen bunten Muster sein Amtszimmer und machte sich gleich an die Arbeit. Zu seiner Erleichterung war sein Büro so gut wie papierlos. Er musste also seinen Schreibtisch nicht mit Aktenordnern zumüllen und wichtiger noch: Er brauchte Regula nicht ins Archiv zu schicken, um ihm die Ordner zu bringen, die seine Argumente für den Verkauf der *Wiese* beinhalten sollten. Sicher wäre sie neugierig geworden und hätte Auskünfte erwartet, die er ihr nicht geben wollte. Rechtfertigungen hatte er sich noch keine zurechtgelegt. Er hatte sie lediglich darüber informiert, dass die Empfehlung erst morgen auf ihrem Tisch liegen würde.

Es war ruhig im Amt heute. Nur selten überquerte jemand den Flur. Und selbst dann schluckte der blau-grau gemusterte Teppichfußboden jegliches Geräusch. Hin und wieder hörte man jemanden ein Telefonat erledigen und das leise Klappern der PC-Tastaturen erzeugte die beruhigende Gewissheit, dass alle brav ihre Arbeit machten. Wyss gönnte sich einen Cappuccino aus seiner privaten Kaffeemaschine und ging dann die Daten durch. Bis Mittag hatte er eine Strategie entwickelt und später wollte er das Konzept formulieren. Da war er ungestört. Regula hatte sich gottlob wegen eines Arzttermins den Nachmittag freigenommen. Er fuhr seinen Computer herunter und machte sich zu Fuß auf den Weg zum Paradiso, einem italienischen Restaurant in der Innenstadt. Umrahmt von vierstöckigen Betonblocks hatte der Inhaber des Paradiso auf dem kleinen asphaltierten Innenhof einen von rund geschnittenen Buchsbaumsträuchern in braunen Blumentöpfen abgetrennten Außensitzplatz kreiert, der wohl den Paradiesgarten simulieren sollte. Vor der Sonne, die sich in der Mittagszeit sogar bis zu diesem Ort vorarbeiten konnte, schützte eine braun-weiß gestreifte Markise. Dort hatte er sich mit Alfredo Bertschi, einem Segelkollegen und SVP-Gemeinderat, verabredet. Er wollte doch gerne noch erfahren, was die SVP-Leute einen 'guten Plan' für die *Wiese* nannten. Ihm schien, der Tanner hatte da durchaus schon Ideen entwickelt.

Bertschi saß bereits an einem der Tische im Hof und studierte das Mittagsmenü. Obwohl man ihn Alfredo nannte, war er keineswegs ein Italiener. Sein kräftiges braunes Haar, das gesunde, kantige

Gesicht, nordisch blaue Augen sowie der klassische blaue Anzug mit weißem Hemd und die konventionellen schwarzen Lederschuhe ließen eher auf einen soliden Urschweizer tippen. Schwyz oder Uri vielleicht.

„*Hoi*, Alfredo. Wie geht's? Hast du schon was ausgesucht?", fragte Wyss und deutete auf die Karte, die Bertschi in der Hand hielt.

„*Hoi*, Guido. Mir geht's super, danke. Setz dich. Ich hab schon zwei Gläser Pinot Grigio bestellt. Also ich nehme die Piccata di Vitello mit Tomatenspaghetti und einen Salat." Er reichte Wyss, der gegenüber Platz genommen hatte, die Karte.

„Und, warst du schon oft auf dem See in diesem Jahr?", wollte Bertschi wissen.

„Viel Gelegenheit hatte ich noch nicht, aber ein halbes Dutzend Mal waren es schon. Und du?"
Bertschi überlegte und zählte dann an den Fingern neun ab. Wyss schaute ihn beeindruckt an.

„Ich nehme das Gleiche", beschloss Wyss und legte die Speisekarte weg.
Während des Essens erhielt Wyss einige Informationen, die ihm gefielen. Er konnte also am Nachmittag sein Konzept beruhigt fertigstellen und abends noch die Empfehlung daraus stricken. Gut gelaunt ging er zurück in sein Büro. Unterwegs klingelte sein Handy.

Kapitel 3

Tabea Stocker betrachtete ihre rot lackierten Zehennägel, die fast kunstvoll mit den weißen Spitzen der Berge kontrastierten, die sich über dem spiegelglatten See erhoben. Sie lag ausgestreckt in ihrem blauen Bikini auf ihrem gelben Handtuch auf der Wiese beim Badeplatz Brüggli am Zugersee und fühlte sich total entspannt. Ein Gefühl, dass sie lange nicht mehr erlebt hatte. Bis vor einem Monat hatte sie bei der Polizei in Zürich gearbeitet. Dort gab es für sie praktisch nur Drecksarbeit zu erledigen. Kleinkriminelle in dunklen Seitengassen aufspüren, Drogenumschlagplätze beobachten, Schlägereien entschärfen, manchmal ging es auch um illegale Prostitution – alles Delikte, mit denen keiner etwas zu tun haben wollte und mit deren Aufklärung man keinen Blumentopf gewinnen konnte. Von den Kleinkriminellen wurde man beleidigt, bespuckt, manchmal sogar verprügelt, an die großen Fische kam man sowieso nicht ran und in der Dienststelle nahm man ihre Bemühungen kaum wahr. Da gab es immer etwas Wichtigeres. Sie hatte diesen Sumpf so satt. Sie näherte sich der vierzig und wollte sich nicht länger demütigen lassen. Und wenn sie sich schon nicht beweisen durfte, dann wollte sie wenigstens ihre Ruhe haben. Deshalb war sie nach Zug gegangen. Ein Zufall eigentlich. Und ein Auf-

stieg gewissermaßen. Man hatte sie als Oberleutnant bei der Kriminalpolizei angestellt, um einen
Kollegen zu ersetzen, der unerwartet nach Kanada
ausgewandert war. Jackpot!

Heute war sie gleich nach Dienstschluss an den
See gefahren, um sich abzukühlen. Es war ein an-
strengender und sehr heißer Tag gewesen. Gegen
Mittag war eine Vermisstenanzeige eingegangen,
um die sie sich hatte kümmern müssen. Eigentlich
wartete die Polizei erst einmal 24 Stunden, bevor
man aktiv wurde, aber in diesem Fall war der Vermisste ein stadtbekannter Politiker und außerdem
erreichte sie am frühen Nachmittag die Meldung
der Wasserschutzpolizei, dass ein Segelboot ohne
Besatzung auf dem Zugersee herumdümpelte.
Möglicherweise das des Vermissten. Es gab also
jede Menge Arbeit. Schließlich schickte man einen
Trupp Taucher los, um den Mann zu suchen. Für
sie war jetzt erst einmal Feierabend.

„*Emily, chumm öppis go trinke. S' Mami het e feins Säftli.*"

„*Ja, ich chumme, Mami.*"

„*Weisch, Claudia, 's Emily trinkt z' wenig. Do muess i
scho hinterher si.*"

„*Yannis, chasch ruhig scho ins Wasser go. Hesch jo d'
Schwümmflügeli scho a,*" zwitscherte die andere Mami
fröhlich.

„*Isch guet, Mami,*" erwiderte das *Büebli* ebenfalls gut
gelaunt vom Seeufer her.

Solche Flötentöne und das dumpfe Geräusch vom Beachvolleyballfeld beim Aufschlagen des Balls, wo man sich freundschaftlich einen Match gab, war der Soundtrack, der Tabea Stocker in ein friedliches Dösen versetzte. Entspannender als Yoga und weniger anstrengend, dachte sie erfreut bei sich. Zug war die richtige Entscheidung gewesen. Obwohl: ein bisschen sehr 'heile Welt' war das schon. Fast irreal. Träumte sie etwa schon? Oder war sie womöglich schon tot und aus einer Laune des lieben Gottes heraus im Paradies gelandet?

Sie musste tatsächlich eingeschlafen sein, denn sie wurde durch hysterische Schreie unsanft geweckt. Als sie schlagartig ihre Augen öffnete, bemerkte sie Unruhe um sich herum und sah, wie die Leute mit Kind und Kegel ans östliche Seeufer eilten und auf ein paar Stand-up-Paddler starrten, die zu den Leuten herüberriefen: „Jetzt holt schon die Polizei! Er ist wirklich tot! *S' isch gruusig!*" Wieder ging eine Schockwelle von hohen Tönen durch die kleine Gruppe am Ufer, bevor einige versuchten, die Situation organisatorisch in den Griff zu kriegen.

Na also, geht doch. Doch nicht so harmlos, dachte sich Stocker und richtete sich langsam auf. Sie klemmte sich ihr halblanges braunes Haar mit einer Spange am Hinterkopf fest, streifte sich ihr bunt gemustertes Strandkleid über und schlüpfte in ihre Flipflops. Dann fischte sie aus ihrer Tasche ihren Polizeiausweis und das *Natel* und schritt zielstrebig zu der aufgeregten Gruppe hin.

„Was ist hier los? Wer ruft nach der Polizei?" Jahre der Erfahrung, in welchem Ton man mit aufgeregten Menschen reden musste, verhalfen Tabea Stocker dazu, dass sich plötzlich alle umdrehten und ruhig waren. Verblüfft sahen sie die schlanke Badenixe an. Was wollte denn die und wer war die überhaupt? Schließlich antwortete einer der 'Organisatoren', ein äußerst gutaussehender, sonnengebräunter Beachvolleyballspieler: „Die Paddler dort drüben sagen, die Taucher hätten eine Leiche aus dem Wasser gefischt. Ich rufe jetzt die Polizei und den Krankenwagen." Stocker betrachtete ihn beeindruckt. Er wollte gerade die Nummer in sein Telefon tippen, als sie sich zu Wort meldete:

„Ich *bin* die Polizei." Stocker zeigte ihren Dienstausweis. „Ich werde die Kollegen benachrichtigen. Vielen Dank!"

„Okay!" Der attraktive Beachvolleyballspieler schaute etwas enttäuscht. Fast hätte Stocker ihm zum Trost über seine muskulösen Oberarme gestreichelt. Aber dafür war jetzt keine Zeit. Stattdessen zog sie ihr Strandkleid über den Kopf und gab den Blick frei auf ihren durchtrainierten, wohlgeformten Körper. Achtlos ließ sie das Kleid zu Boden fallen, alarmierte ihre Kollegen, vertraute dann dem Beachvolleyballspieler ihr *Natel* zur Aufbewahrung an, schlüpfte aus den Flip-Flops, klemmte ihre Ausweiskarte in die Bikini-Hose und stieg schließlich vor der jetzt schockstarren Zuschauergruppe ins Wasser.

Jetzt erst sah sie die ganze Szenerie: Rund um die zwei Stand-up-Paddler schwamm eine ganze Klasse von Tauchschülern, die wie eine Schar Robben wirkte. Die Gruppe kam daher wie eine Armada auf der Heimkehr von einem erfolgreichen Feldzug. Die 'Beute' lag ausgestreckt auf einem der SUP-Bretter, wo sie vorsichtig von einer kräftigen jungen Frau im Badeanzug über das Wasser bewegt wurde. Dahinter folgte der zweite Paddler. Sie waren nicht mehr weit vom Ufer entfernt. Die Stocker hatte sie schon fast erreicht und rief ihnen zu, sich nicht weiter dem Ufer zu nähern. Zu viele Neugierige. Die Kollegen würden gleich kommen. Trotzdem waren einige neugierige Gummibootkapitäne und Luftmatratzensurfer schon recht nahe gekommen. „Zurück, aber subito!", wies sie die Strandbesucher in dem Ton an, den sie sich im Umgang mit Kleinkriminellen angeeignet hatte. Sie erntete ein empörtes Murren, aber außer einem angetrunkenen Spätjugendlichen, der meinte, sich von ihr nichts sagen lassen zu müssen, drehten alle ab. Ein Wink mit dem Polizeiausweis ließ aber auch ihn rasch wenden. Dann wandte sich Tabea Stocker wieder der Stand-up-Paddlerin mit der Leiche zu. Sie mussten warten, bis die Spurensicherung und die Forensiker kamen. Auf den ersten Blick konnte sie lediglich einen Mann mittleren Alters in dunkelblauem Poloshirt und beiger

Khakihose feststellen. Er war barfuß. Sein Gesicht blass und schon etwas aufgedunsen. Er starrte sie mit offenen Augen an.

„Wo haben Sie ihn gefunden?" Die Stocker sah in die Runde. 20 Augenpaare blickten sie aufmerksam aus Gesichtern an, die von den schwarzen Gummihauben der Taucheranzüge umrahmt und von hochgeschobenen Brillen gekrönt waren. Eine derartige Befragung hatte sie bisher in Zürich noch nie durchführen müssen. Ganz neue Situation. Ein Gesicht, das etwas älter wirkte – vielleicht der Tauchlehrer? - meinte: „Wir haben 500 Meter von hier eine Übung gemacht. Ich kann Ihnen die ungefähren Koordinaten geben."

„Geben Sie die meinen Kollegen. Die können mehr damit anfangen. Warten Sie bitte hier, bis Sie weitere Anweisungen bekommen. Ich bin übrigens Oberleutnant Tabea Stocker. Wir sehen uns." Mit einer Hand winkte sie noch freundlich und schwamm dann zurück zum Ufer, wo mittlerweile mehrere Polizeifahrzeuge, ein Krankenwagen und unnötigerweise auch ein Feuerwehrauto eingetroffen waren. Vom See her kündigte sich ein Boot der Wasserschutzpolizei an.

Bevor sie zu ihrem Chef ging, holte sie noch schnell ihr *Natel* ab, wobei sie es sich nicht verkneifen konnte, die ausgestreckte Hand des schönen Beachvolleyballspielers leicht zu streifen, und griff nach ihrem Strandkleid. Klitschnass trat sie vor Hauptmann Nikolas Rogenmoser. Er war in Dienstuniform und schwitzte. Dass er direkt an Ermittlungen vor Ort teilnahm, war ungewöhnlich. Er war eher der Mann fürs Delegieren. Dafür kannte er sich gut in Rechtsfragen aus. Er hat quasi immer Recht, witzelte man hinter seinem Rücken. Seine Polizeilaufbahn verlief eher über die Universität als über die Arbeit auf der Straße.

„Ist es der Vermisste?", fragte er sie.

„Könnte sein, ganz sicher bin ich mir nicht", gab die Stocker zur Antwort.

Er rollte mit den Augen. Für ihn war es nicht nachzuvollziehen, dass man den Stadtrat Guido Wyss nicht gleich erkannte würde. Aber die aus Zürich hatten ja auch keine Ahnung.

Doch dann tönte es scheppernd aus einem Megaphon übers Wasser: „Er ist es!"

Es war den Kollegen von der Wasserschutzpolizei gelungen, den Leichnam vom SUP-Board aufzunehmen und auf ihr Boot zu hieven. Hauptmann Rogenmoser gab mit der Hand ein Zeichen, dass sie mit ihm abfahren sollten. Dann schickte er das Auto mit den Forensikern und zwei weitere Polizeiwagen sowie den Krankenwagen zum Anlegeplatz des Bootes. Das Feuerwehrauto schickte er zurück. Oberleutnant Stocker wies derweil die verbliebenen Polizisten und Polizistinnen an, die mittlerweile an Land geschwommenen Taucher und die zwei Stand-up-Paddler zu befragen und ihre Personalien aufzunehmen. „Und während ihr dabei seid, nehmt doch auch noch die Personalien der Zuschauer hier am Ufer auf." Dabei schaute sie in Richtung Beachvolleyballfeld und grinste verschmitzt. Dann ging sie zu ihrem Platz, trocknete sich ab und tauschte hinter einer recht einsichtigen Umkleidekabine aus Holzbrettern – angeblich ein Kunstwerk – ihren Bikini mit Slip, BH, Bluse und Shorts. Nachdem sie ihre Strandtasche gepackt hatte, schaute sie sich nach Rogenmoser um, der war aber schon verschwunden. Wahrscheinlich hatte er befürchtet, dass die Sitzpolster seines Audi A6 nass werden könnten.

„Na toll", murmelte sie vor sich hin und lief zu ihrem Velo, das sie unweit vom Beachvolleyballfeld abgestellt hatte. Ein letzter Blick zum Spielfeld ließ sie enttäuscht feststellen, dass die Mannschaft samt ihrem gutaussehenden Mitspieler bereits abgezogen war.

Weit war es nicht zum Jachthafen, wo auch die Wasserschutzpolizei ihren Anlegeplatz hatte. Dort hatte sich schon eine Traube von Neugierigen versammelt, angezogen von den Polizeifahrzeugen und der Geschäftigkeit ihrer Insassen auf dem Bootssteg wie Mücken vom Mief einer Milchkuh. Zum Glück hatten die Kollegen den Zugang zum Steg abgesperrt.

„Was haben wir?" Tabea stand wieder neben ihrem Chef, der bleich auf die vor ihm aufgebahrte Leiche starrte.

„Furchtbar! Das ist ja ganz furchtbar! Der Guido! Wie konnte das nur passieren? Ein so erfahrener Segler." Dann eine Pause. „Oh je! Und seine Familie. Wie kann man ihr das nur mitteilen. Das ist ja grauenvoll."

„Ich könnte das machen", sagte Tabea, um ihren Chef zu beruhigen. „Aber vielleicht sollten wir erst einmal schauen, was da genau passiert ist."

„Das geht doch nicht! Wir können doch nicht so lange warten, bis wir Frau Wyss informieren. Sie hat ein Recht darauf, zu wissen, dass ihr Mann tot ist." Das war wieder ganz der alte Rogenmoser. Er war mit seiner Hauptmannstimme ein wenig zu laut geworden, so dass die Forensiker und die Kollegen von der Wasserschutzpolizei überrascht zu ihm hinsahen.

„So, wie es aussieht, hat ihn ein harter Gegenstand im Genick getroffen, das hat dann möglicherweise zu seinem Sturz vom Boot geführt hat. Der Schlag muss völlig waagrecht gekommen sein, also nicht von oben oder so. Vielleicht vom Großbaum? Wir müssen uns das genauer ansehen. Zwei Kollegen sind schon auf dem Boot und sichern Spuren." Vor ihnen kniete eine Frau in einem weißen Ganzkörperanzug über die Leiche gebeugt am Boden. Vivianne Betschart von der Forensik.

„Also ein Unfall", schlussfolgerte Rogenmoser. „Sieht ganz danach aus", bestätigte Betschart.

„Soll ich jetzt oder soll ich nicht?", fragte Tabea ihren Chef mit einem ungeduldigen Unterton.

„Was sollst du?", fragte er verwirrt zurück.

„Na, der Witwe Bescheid sagen." Das klang noch ungeduldiger. Rogenmoser, dem im Moment alles zu viel war, gab ihr sein Okay, aber nicht ohne sie eindringlich darauf hinzuweisen, dass äußerste Sensibilität ihrerseits verlangt wurde. Der Wyss war ja nicht irgendwer. Und die Stocker hatte manchmal einen Straßenjargon drauf, da konnte man nie wissen. „Und zieh dir was Ordentliches an", rief er ihr noch hinterher.

Kapitel 4

Tabea Stocker war schon zwei Mal an der hohen Betonmauer mit Garageneinfahrt vorbeigefahren, bevor sie das dazugehörige Haus einige Meter oberhalb der Mauer wahrnahm. Auch die Hausnummer war so diskret angebracht, dass man sie nur sah, wenn man intensiv danach suchte. Den Polizeiwagen parkte sie ohne schlechtes Gewissen direkt vor der Garage und stieg dann eine Menge Betontreppen, eingebettet zwischen Sukkulenten, Gräsern und Bonsaibäumchen, hinauf zur Haustüre. Kurz nachdem sie die Klingel betätigt hatte, wurde die Türe geöffnet und vor ihr stand eine sportlich-elegante, schlanke blonde Frau in dunkelblauem Leinenkleid mit weißen Applikationen. Weiße Ledersandaletten ergänzten das Ensemble. Sie blickte Stocker in sorgenvoller Erwartung an.

„Ja, bitte?"

„Guten Abend, Frau Wyss. Oberleutnant Stocker von der Zuger Kriminalpolizei. Sie haben heute Ihren Mann als vermisst gemeldet." Tabea zeigte ihre Polizeimarke und überlegte kurz, dann fuhr sie fort: „Ich glaube, wir haben ihn gefunden. Darf ich hereinkommen?"

Die Augen von Patricia Wyss weiteten sich und der Blick wurde noch sorgenvoller.

„Ja, natürlich, kommen Sie herein." Mit einer Handbewegung bat sie Stocker in den geräumigen

Eingangsbereich. „Wo ist er?"

Jetzt wusste Tabea Stocker einen Augenblick nicht, wie sie fortfahren sollte. Wenn sie sagen würde, er sei am Hafen oder unten am See, dann wüsste Frau Wyss ja immer noch nicht, in welchem Zustand ihr Mann sich dort befand. Würde sie sagen, er sei auf dem Weg in die Forensik, wäre auch nicht klar warum. Sollte sie etwa sagen: Einige Taucher haben ihn tot auf dem Grund des Zugersees gefunden? Das klang eindeutig zu dramatisch und nicht sensibel.

„Wo ist er? Wie geht es ihm?", wollte Frau Wyss jetzt endlich wissen.

Unter diesem Druck fiel Tabea Stocker nur noch Standard ein: „Es tut mir leid, Ihnen mitteilen zu müssen, dass ihr Mann tot im Zugersee gefunden wurde. Er wird gerade in die Forensik gebracht, damit man die Ursache für sein Ableben feststellen kann." Das klang zwar etwas sehr distanziert, löste aber dennoch eine Ohnmacht bei der armen Frau Wyss aus. Tabea Stocker konnte sie gerade noch rechtzeitig auffangen, bevor sie auf die lindgrünen Fliesen des Entrees gefallen wäre. Dann schleppte sie sie ins Innere des Hauses und platzierte sie sanft auf einem Sessel im Wohnzimmer, tätschelte ihre Wangen und sprach sie an, bis Frau Wyss langsam wieder ihre Augen öffnete.

„Was ist denn passiert?", fragte sie mit schwacher Stimme.

„Sie sind ohnmächtig geworden, Frau Wyss. Ich

hatte Ihnen mitgeteilt, dass wir Ihren Mann gefunden haben. Leider ist er nicht mehr am Leben."

„Ich verstehe nicht. Warum? Sind Sie sicher, dass es Guido ist?"

„Wir gehen von einem Bootsunfall aus. Näheres kann ich noch nicht sagen." Tabea Stocker sah das Entsetzen und die Hilflosigkeit in Frau Wyss Augen. Die Frau tat ihr leid. All das Geld und all das Gut konnten ihren Mann nicht mehr zurückbringen. In diesem Schmerz waren alle Menschen gleich.

„Kann ich Ihnen Hilfe holen? Ärztliche oder psychologische Unterstützung? Oder lieber eine Freundin oder Verwandte?"

Aber Frau Wyss hatte ihre Gedanken schon auf das nächste Problem eingestellt.

„Oh je, die Kinder! Wie soll ich es bloß den Kindern sagen? Ich verstehe es ja selbst noch nicht. "

Tabea Stocker nickte traurig.

„Wollen Sie nicht doch jemanden, der sie jetzt unterstützt?", versuchte sie es nochmals.

Patricia Wyss winkte ab.

„Und wie geht es jetzt weiter? Kann ich ihn sehen?" Sie hatte sich langsam wieder in eine aufrechte Position gebracht und schien ein klein wenig gefasster.

„Ich würde vorschlagen, Sie kommen morgen früh ins Büro der Kriminalpolizei, An der Aa 4. Dann wissen wir sicher schon mehr. Ich lasse Ihnen meine Visitenkarte hier. Sind Sie sicher, dass ich Sie jetzt allein lassen kann?"

Frau Wyss nickte müde. „Ja, das geht schon in Ordnung. Danke. Ich rufe gleich eine Freundin an."

Tabea Stocker verabschiedete sich und atmete erst einmal tief durch, als sie wieder im Freien stand. Von hier oben hatte man einen herrlichen Blick über die Altstadt von Zug, auf den See und weiter noch bis in die Berge. Die Sonne war schon untergegangen, zurück blieb ein breiter gold-oranger Streifen am Horizont. Wenn man den Blick wieder zurückschweifen ließ, sah man sogar einen Zipfel vom Jachthafen. Ob ich mich da noch einmal umsehen sollte, fragte sich Stocker. Vielleicht waren ja auch noch die Kollegen dort am Arbeiten. Sie spürte ein ihr wohlbekanntes Jucken. Zehn Minuten später *parkierte* sie das Auto beim Hafen. Am Boot von Wyss angekommen, sah sie, dass die Forensikerin Vivianne Betschart und ein Kollege, der sich später als Lukas vorstellte, tatsächlich noch vor Ort waren. Sie waren jedoch anscheinend bald fertig, denn Vivianne hatte ihren weißen Overall vorne ein Stück geöffnet und die Kapuze nach hinten geschoben. Sie sah sexy aus, fand Stocker. Mit ihren dunklen Locken und den großen braunen Augen war sie fast zu schön für so eine Arbeit. Ich würde sie ja gern mal ganz ohne diesen Plastikanzug sehen, dachte sie. „Und, habt ihr was gefunden? War jemand mit auf dem Boot?" Sie schaute die beiden erwartungsvoll an.

„Nein, bisher nichts Auffälliges: ein paar Schuhe, die wohl ihm gehörten, eine Tasche mit seinen Badesachen, ein Handtuch. Fingerabdrücke: unauffällig. Es scheint, er war allein unterwegs", antwortete Vivianne, die sich aufgerichtet hatte und sich Tabea Stocker zuwandte.

„Habt ihr noch lange zu tun?", wagte sich Stocker nicht ohne Absicht zu fragen.

„Nein, wir sind jetzt eigentlich auch fertig hier." Vivianne schaute zu Lukas hinüber, der bereits angefangen hatte, das Equipment zusammenzuräumen.

„Habt ihr Lust, *gömmer no eis go zieh*?" Insgeheim hoffte Tabea Stocker, dass Lukas keine Zeit haben würde, Vivianne aber schon.

„Muss noch ins Training", rief Lukas zu ihr rüber. „Sorry. Vielleicht ein andermal." Tabea schaute erwartungsvoll auf Vivianne.

„Ja, okay. Auf ein kühles Bierchen hätte ich jetzt schon noch Lust." Bingo! Stocker grinste zufrieden.

Im nahen Restaurant waren alle Tische im Kastaniengarten besetzt, aber vor der Eingangstreppe zum Gasthaus war noch ein Zweiertischchen frei, an dem die beiden Platz nahmen und ihr Bier bestellten. Vivianne hatte inzwischen ihren Arbeitsoverall am Kleinbus der Spusi ausgezogen und saß jetzt in einem glockigen kurzen Rock mit großem

Blumenmuster und einer pistaziengrünen Leinen-
bluse Tabea gegenüber. Ihre langen, südländisch-
braunen Beine streckte sie genüsslich in Richtung
Straße aus. Die Füße steckten in Espadrilles. Vor
dem Besuch bei Frau Wyss hatte Tabea zuhause
ihr dunkelblaues Sommerkostüm angezogen. Das
Jackett hing über der Stuhllehne. Jetzt trug sie ein
cremefarbenes Spaghetti-Top. Das wirkte wenigstens nicht mehr ganz so business-like.

„Schon eigenartig, dass ein erfahrener Segler wie
der Wyss so mir nichts dir nichts ins Wasser fällt,
oder?", wunderte sich Tabea Stocker nachdem die
beiden ihren ersten Schluck genommen hatten.
„Kommt immer wieder vor. Ein Unfall eben. Eine
kleine falsche Handlung und schon kann's dich
lupfen."

„Mhm." Stocker war nicht überzeugt. „Und kein
klitzekleines Zeichen, dass da noch wer war?",
versuchte sie es erneut.

„Nein, wenn ich 's dir doch sag." Vivianne klang
ungeduldig. Dann lenkte sie ein: „Ihr müsst noch
abwarten. Alles haben wir ja noch nicht auswerten
können. Außerdem bringt die Obduktion ja vielleicht auch noch neue Erkenntnisse." „Okay. Du
hast ja Recht. Sag mal, weißt du was über diesen
Wyss? Ich kenne mich hier unter den Stadtober-
sten ja noch nicht so gut aus." Die Stocker war aus
einem ihrer Sandalen geschlüpft und berührte wie
zufällig Viviannes Bein. Was sexuelle Attraktion
betraf, war sie nicht wirklich wählerisch, wenn es

40

ums Geschlecht ging. Ein schöner Mann, eine schöne Frau – wo ist der Unterschied, fand sie. In Zürich war sie über zwei Jahre mit Pedro zusammen gewesen, einem attraktiven Spanier, der in einem angesagten Restaurant, dem Los Pueblos, arbeitete. Leider meinte Pedro, er vertrage das kalte Klima in der Schweiz nicht mehr, und zog zurück in seine Heimat. Da es für Stocker dort keine Berufsaussichten gab, musste sie ihn leider ziehen lassen. Dabei war es in der Schweiz auch oft heiß und in Spanien auch manchmal sehr kalt, fand sie ein wenig beleidigt. Danach war sie mit Kathrin zusammen, einer süßen blonden Musikerin, was aber nicht allzu lange hielt. Vivianne hatte ihre Beine derweil unauffällig ein wenig von Tabea wegbewegt. Verstehe, dachte diese sich. Nicht mein Tag heute.

„Also, der Wyss ist Stadtrat und hat das Bauamt unter sich. Ein Aufsteiger. Verheiratet mit einer reichen Erbin, zwei Kinder, keine Gerüchte über Freundinnen, Korruption oder Vetternwirtschaft. Fleißig, gewissenhaft, integer." Tabea Stocker staunte. „Aber?", wollte sie wissen Irgendetwas musste es doch geben. Sie trank ihren letzten Schluck Bier aus. „Auch noch eins?", fragte sie, bevor Vivianne auf ihre Frage antworten konnte. Diese nickte. „Okay, eins noch, aber dann muss ich los. Mathias wartet mit dem Essen auf mich." Das war eine klare Ansage für die Stocker, und zwar nicht in Bezug auf das Getränk. Schade, dachte sie bei sich und bedeutete dem Kellner, dass er nochmal das Gleiche bringen solle, indem sie ihr Glas hochhob und zwei Finger ausstreckte.

„Ich glaub, ich hab da mal gehört, dass er gern ins Casino geht. Aber das heißt ja nichts."

"Nein, das heißt wirklich nichts. Ich war auch schon im Casino," antwortete die Stocker. „Und hab gar nicht übel abgesahnt. Eine richtige Glückssträhne hatte ich." Sie strahlte stolz. „Deswegen wird man nicht gleich zum Glückspiel-Junkie. Weißt du, ob er an besonderen Projekten arbeitete?"

„Nein. Mit was sich der Wyss befasste, weiß ich nicht. In der *Zuger Zeitung* hab ich in der letzten Zeit auch nichts Auffälliges über den Baubereich gelesen." Der Kellner kam mit den zwei Gläsern Bier und grinste die Stocker ein wenig zu freundlich an. Aber er war nicht ihr Typ. Sie ignorierte ihn und fragte Vivianne: "War da nicht etwas über den Verkauf einer Wiese am See? Ich meine, ich hätte da was gelesen oder gehört."

„Ach ja, die *Schützenmattwiese*. Kann sein, dass er dafür zuständig war. Aber da gab es ja noch gar keinen *Entscheid*, was damit geschehen soll. Ich sehe da keinen Zusammenhang mit seinem Tod. Ich glaub eher, du siehst Gespenster. Du solltest dir nicht auf Teufel komm raus aus einem Unfall einen Fall fabrizieren. Sei doch froh. Da hast du weniger Arbeit." Vivianne zog ihre Beine zurück und stellte sie unter den Tisch. Sie drehte sich zu

Tabea und blickte sie an. „Erzähl doch mal. Wie geht es dir hier in Zug? Hast du dich schon eingelebt?"

„Na ja, mhm. Bin auf jeden Fall dabei. Es ist schon anders als Zürich", grinste Stocker. „Aber ich hab's mir ja ausgesucht. Ein bisschen Ruhe tut mir mal ganz gut. Apropos Ruhe: Sag mal, wo kann man denn hier abends so hingehen? Gibt's da irgendwas? Ein Club, Live-Musik, eine coole Bar, so was in der Art?"

Jetzt musste Vivianne grinsen. So glücklich schien ihre Kollegin mit der Ruhe in Zug wohl doch nicht zu sein. „Da setzt du dich am besten in den Zug und fährst die halbe Stunde nach Zürich. Viel Auswahl hast du hier nicht. Aber die Chollerhalle hat manchmal gute Konzerte und bietet auch hin und wieder Discos für unser Alter an. Oder die Galvanik, wenn es dir nichts ausmacht, mit Teenagern zu feiern. Ach ja, und dann gibt es noch diesen Folk-Blues-Schuppen, das Chicago."

„Und wo gehen Mathias und du so hin?"

„Wir gehen nicht oft weg. Eher laden wir mal ein paar Kollegen ein oder werden eingeladen und wenn mal eine Band kommt, die uns gefällt, dann gehen wir am ehesten in die Chollerhalle oder ins Casino."

„Ins Casino?" Die Stocker wunderte sich. Das hätte sie Vivianne nicht zugetraut. „Geht ihr auch ins Casino?"

„Nicht, was du meinst, Tabea. Das ist kein Spielcasino. Das Zuger Casino ist der wichtigste Ort für kulturelle Veranstaltungen. Warst du noch nie dort?" Die Stocker merkte, dass sie in der Tat noch nicht viel über ihren neuen Wohnort wusste. „Wenn du magst, sag ich dir Bescheid, wenn wir mal wieder ausgehen. Vielleicht hast du ja Lust, mitzukommen."

„Ja, gern. Mach das."

Mittlerweile waren die Gläser leer.

„Du kannst ruhig schon los", sagte die Stocker. „Ich zahle." Vivianne nahm das Angebot dankend an und machte sich auf den Heimweg. Tabea legte das Geld auf den Tisch, nicht ohne den Kellner noch einmal deutlich ihr Desinteresse spüren zu lassen, und ging zurück zum Auto. Eigentlich hätte sie den Wagen stehen lassen sollen nach den zwei Bieren, aber sie wollte morgen nicht gerügt werden, weil der Wagen nicht zurückgebracht worden war und überhaupt: Es waren ja nur ein paar Meter bis zur Polizei. Dort stand ihr Velo, mit dem sie dann nach Hause fahren wollte.

Kapitel 5

Gegen Mittag des folgenden Tages klingelte bei Ostrowsky das Telefon. Er lag auf einer Liege am Pool seiner Villa in Zollikon bei Zürich und wollte sich eigentlich entspannen. Doch damit war jetzt Schluss. Er stand auf und ging in den Garten. „Was sagst du da? Der Wyss ist tot? Ein Bootsunfall? Aha! Merkwürdig! Wie kann denn der Mann so einfach ins Wasser fallen?" Seine Frau Ivana, die sich an einem Tischchen unter einer Pergola die Nägel lackierte, schaute ihn an. Wie ein Bär lief er da in seiner Badehose am Rande des Pools auf und ab. „Jetzt müssen wir uns beeilen. Umdisponieren. Plan B." Immer muss irgendetwas sein mit diesem Mann, dachte sie genervt. Nie hat man seine Ruhe. Während ihr Mann weiter telefonierte, lehnte sie sich zurück, wedelte mit den Händen, damit der Lack schneller trocknete und betrachtete die Villa und den Garten. Welch ein Glück sie gehabt hatten! Das Zehn-Zimmer-Haus sollte eigentlich gar nicht verkauft werden. Es war der Familienbesitz eines älteren Schweizer Ehepaars, das darin wohnte und eigentlich zufrieden damit war. Das 2000 Quadratmeter große Grundstück mit Seeanstoß wurde von einer Gartenbaufirma gepflegt und machte ihnen somit keine Arbeit. In einem kleinen Anbau lebte ein Hausmeisterehepaar, das sich innen und außen um das Haus kümmerte.

Geld war augenscheinlich kein Problem – also warum das schöne Haus verkaufen? Aber Oleg bot ihnen eine Summe an, die sie einfach nicht ablehnen konnten. Schlauer Oleg! Geld ist eben doch ein Problem: Es ist verführerisch. Ivana nahm einen Schluck von ihrem Apfel-Grünkohl-Smoothie und betrachtete mit Wohlgefallen die kleine Gruppe von Palmen, die an einer Seite des Pools die Illusion erzeugten, als wäre man in Italien. Sie seufzte zufrieden.

Mittlerweile hatte sich ihr Mann wieder etwas beruhigt. Nach einem weiteren, kürzeren Telefonat erklärte er: „Ich fahre jetzt gleich ins Casino. Willst du mit in die Stadt?" Aber seine Frau winkte ab. „Nein, danke, mein Bär. Es ist so herrlich heute hier und außerdem kommen Dania und Eva in einer Stunde zum Kaffee." Ostrowsky nickte verständnisvoll, beugte sich zu Ivana hinunter und gab ihr einen Abschiedskuss. „Okay, mein Kätzchen. Ich mach mich dann mal fertig." Er verschwand im Haus, um bald danach mit seinem Maserati aus der Garage heraus und in Richtung Innenstadt zu fahren.

Im Büro des Casinos an der Sihlbrücke, dessen Besitzer er war, wartete schon Stanislav Zakayev, genannt 'Steely Stan', auf ihn. Er hatte sich auf dem bequemen ledernen Besuchersessel niedergelassen und betrachtete seine Fingernägel. 'Steely

Stan' war ein hübscher Tschetschene mit Augen aus Gletschereis, mager, aber muskulös, Haare so schwarz wie die Nacht und um den Hals eine dicke Goldkette, die aus dem Ausschnitt seines schwarzen Hemdes glänzte wie der letzte Streifen am Horizont, bevor die Sonne untergeht. „Wir müssen etwas unternehmen", begrüßte ihn Ostrowsky. „Das Geld muss baldmöglichst untergebracht werden und diese verdammte Wiese wäre nun einmal das beste Objekt für eine Geldanlage dieser Größenordnung." Steely Stan nickte. Erst jetzt setzte sich Ostrowsky in seinen massiven Chefsessel aus rotem Leder, der hinter einem ebenso massiven Schreibtisch stand. „Ich habe mir unterwegs ein paar Gedanken gemacht", gab er Steely Stan preis. „Ich brauche genügend Unterstützer im Zuger Gemeinderat, um diese Wiese zu bekommen. Die Grünen sind die Hauptgegner. Und einer dieser Grünen hat nicht nur besonderes Interesse, dass die Wiese nicht verkauft wird, er hatte auch ein enges Verhältnis zu Wyss. Und ...", Ostrowsky machte eine Kunstpause und wartete, bis ihm sein Mitarbeiter direkt in die Augen sah, „er war, wie du weißt, gestern noch mit dem Wyss zusammen." In Steely Stans Augen zeigten sich Fragezeichen. „Ich habe mir gedacht, es wäre eine gute Idee, diesen Grünen einmal einzuladen. Ich will, dass du ihn heute Abend in Zug abholst und ihn ins Tropicana bringst. Ich habe für einundzwanzig Uhr dort einen Nischentisch reserviert."

Steely Stan beugte sich vor, so dass sein Gesicht höchstens noch fünfzig Zentimeter vom Gesicht seines Chefs entfernt war. „Weiß er von der Einladung?", war seine erste Frage.

Ostrowsky schüttelte den Kopf.

„Hast du seine Adresse?"

Ostrowsky schüttelte den Kopf.

„Ein Foto?"

Wieder Kopfschütteln.

„Wenigstens einen Namen?"

Ostrowsky nickte. „Theo Landtwing. Am besten, du machst dich gleich an die Arbeit. Und sag ihm, er würde es bereuen, wenn ich heute Abend allein in meiner Nische sitzen müsste." Ostrowsky zog die Augenbrauen hoch und schaute wütend, was selbst dem abgebrühten Stan ein wenig Furcht einflößte Er nickte nur und stand auf, um seinen Auftrag zu erledigen.

Auf dem Hof der alten Stadtvilla, in welcher sich das Casino befand, stieg Steely Stan in einen schwarzen Subaru mit verdunkelten Fenstern und machte sich auf den Weg nach Zug. Er hatte die Adresse von Theo Landtwing gegoogelt. Es war nicht schwer, die Wohnung in einem Block in der Überbauung Herti zu finden. Unauffällig, wie er meinte, beobachtete er zunächst die Umgebung. Die Wohnblöcke lagen ziemlich dicht nebeneinander, dazwischen eine gerade Straße, die an einer Kuhwiese endete. Landtwing wohnte im Haus

Nummer 7, dritter Stock. Es gab eine Tiefgarage und einen Velo-Abstellplatz vor dem Eingangsbereich. Die Tiefgarage war für Unbefugte nicht zugänglich, deshalb hoffte Steely Stan, dass der Grüne Theo mit dem Velo nach Hause kommen würde. Dort könnte er ihn leicht abfangen. Aber es war erst drei Uhr nachmittags, und so spazierte er an den nah gelegenen See und kaufte sich dort am Kiosk einer *Badi* ein *Glace*. Bei der Gelegenheit besichtigte er auch gleich das Stück Land, das sein Chef erwerben wollte. Es lag praktisch genau hinter der so genannten *Männer-Badi*. Gruppen von Leuten saßen zusammen oder spielten Ball, manche waren auch allein. Es sah sehr entspannt aus. Und vor ihm der See und der wunderbare Blick auf die Alpen. Im Wasser sah er die Schwimmer von der *Badi*. Am liebsten hätte er jetzt auch ein Bad genommen, aber zum Baden war er schließlich nicht gekommen. Also setzte er sich auf die Wiese unter ein Bäumchen, genoss sein *Glace* und überlegte, wie er später vorgehen wollte.

Gegen Viertel von sechs bog Theo Landtwing in den Weg zu seiner Wohnung ein, stellte sein Velo auf den Abstellplatz, schloss es an und wollte gerade sein Eingekauftes aus dem Gepäckkorb heben, als er von hinten angesprochen wurde. Steely Stan hatte ihn sofort erkannt. Groß, schlank, rotblondes, kurzes Haar, feine Züge, die er mithilfe eines recht groben Brillengestells etwas maskuliner aussehen ließ, aber vor allem die Sandalen! Ty-

pisch grün, dachte sich Steely Stan und schlug zu:
„Oleg Ostrowsky möchte Sie sprechen, Herr
Landtwing. Er lädt Sie ein, heute Abend mit ihm
im Tropicana in Zürich ein Gläschen zu trinken.
Es wäre mir eine Freude, Sie dorthin chauffieren
zu dürfen, und Sie machen sich keinen Gefallen,
die Einladung abzulehnen. Herr Ostrowsky kann
sehr wütend werden." Steely Stan war stolz auf
seine Fähigkeit, sich so gewählt auszudrücken.
Kein Ghetto-Kind, kein dummer Ausländer mit
schlechten Deutschkenntnissen. Nein. Steely Stan
konnte sehr zivilisiert sein. Dennoch entging
Landtwing nicht die Drohung . Am liebsten hätte
er um Hilfe gerufen, aber die 85-jährige, schwer-
hörige Nachbarin, die gerade mit ihrem Rollator
an ihnen vorbei schlich, oder die zwei Buben, die
sich eifrig ins Gespräch vertieft auf den Weg zum
Sportplatz machten und die er nicht verängstigen
wollte, schienen ihm keine Hilfe zu sein. Als die
Leute vorbeigegangen waren, spürte Landtwing
einen harten Gegenstand an seinem Rücken. „Los!
Machen Sie schon! Ihre Einkäufe können Sie bei
mir im Auto lassen." Es war eigentlich ganz
einfach gewesen, Landtwing zu überzeugen. Brav
nahm dieser seinen Einkaufssack und ließ sich von
Steely Stan zum Auto führen.
Da sie noch viel zu früh waren, fuhr Steely Stan in
ein Drive-In-Restaurant und bestellte einen Imbiss
für sich und Landtwing. Dann fuhr er den Zürich-
berg hoch, bis sich eine Gelegenheit fand, das

Auto zu *parkieren* und beim Essen die schöne Aussicht über den See und die Bergwelt zu genießen Er brauchte diese kleinen Pausen. Es beruhigte ihn. Sein Beruf hatte eher mit Unschönem und Unruhigem zu tun.

Als Landtwing seinen letzten Bissen hinuntergeschluckt hatte, fing er an, Fragen zu stellen, wie: Wann soll das Treffen denn nun stattfinden? Was will Ostrowsky von mir? Müssen wir hier noch lange rumsitzen? Das schuf Unruhe und die konnte Steely Stan jetzt gar nicht vertragen.

„Halt dein Maul", fuhr er Landtwing schließlich scharf an. So scharf, dass dieser nichts mehr sagte und zum Fenster hinaussah.

Das Tropicana war eine kleine Bar an der Langstrasse. Es bestand aus zwei Ebenen: Dem Erdgeschoss und einem Kellergewölbe, die beide mit Südseeinselkitsch ausgestattet waren, wobei der obere Teil von einer runden Bar mit Bastdach dominiert wurde und ansonsten einzelne Tischchen lose im Raum verteilt waren. Das Kellergewölbe hingegen setzte auf Diskretion. Hier gab es mehrere abgetrennte Nischen, in denen man sich unbeobachtet und praktisch auch ungehört fühlen durfte. In einer dieser Nischen saß Ostrowsky und blieb auch sitzen, als sich sein Mitarbeiter mit Landtwing im Schlepptau seinem Tisch näherte. Erst als die beiden vor ihm standen, blickte er auf und zauberte ein Lächeln auf sein Bärengesicht.

„Herr Landtwing. Schön, dass Sie meiner Einladung folgen konnten. Setzen Sie sich doch." Dabei zeigte er mit der Hand auf den Sitzplatz ihm gegenüber. „Hol dir einen Stuhl dazu", wies Ostrowsky Steely Stan an. Als alle saßen, winkte Ostrowsky den Kellner herbei. Der nahm die Order auf: eine *Stange* und ein Grenadine Sirup. „Herr Ostrowsky", begann Theo Landtwing, „es schmeichelt mir, dass Sie eine so unbedeutende Person wie mich einladen und von einem Chauffeur abholen lassen, aber ich frage mich, warum das auf diese bedrohliche Weise geschehen musste. Was wollen Sie von mir?" Landtwing lehnte sich zurück und schaute Ostrowsky wütend an.

„Ich muss mich für meinen Angestellten entschuldigen, wenn er Ihnen das Gefühl von Bedrohung vermittelt hat. Verzeihen Sie ihm. Er kann nicht anders." Wieder grinste Ostrowsky übers ganze Gesicht. „Was ich von Ihnen will, fragen Sie. Nun, ich will Ihnen ein Geschäft vorschlagen." Jetzt schaute Theo Landtwing verdutzt. Was soll das für ein Geschäft sein? Mit so einem wie dem Ostrowsky würde er nie ein Geschäft machen. Das konnte der sich abschminken.

Der Kellner stellte das Bier vor Landtwing ab und den Sirup vor Steely Stan. Ostrowsky hatte von seinem giftig aussehenden Cocktail schon ein paar Schlucke genommen.

„Prost, die Herren", sagte er nun und hob sein Cocktailglas ein wenig an.

„Prost, Chef", echote Steely Stan und hob sein Glas an die Lippen. Theo Landtwing hob lediglich sein Glas und nickte den anderen begeisterungslos zu. Dann nahm auch er einen Schluck in der Hoffnung, es könnte ihn vielleicht ein wenig beruhigen.

„Also, was kann ich für Sie tun, Herr Ostrowsky. Es fällt mir partout nichts ein, was Sie von mir wollen könnten."

„Nun", antwortete Ostrowsky bedächtig und schaute dabei Landtwing in die Augen. Das Lächeln war verschwunden. „Es ist eigentlich ganz einfach: Ich möchte, dass Sie sich im Zuger Gemeinderat dafür einsetzen, dass die Stadt mir die *Schützenmattwiese* verkauft." Landtwing, der gerade einen weiteren Schluck Bier genommen hatte, musste sich schwer zusammenreißen, dass er ihn nicht wieder wie Sprühregen über den Tisch prustete, so überrascht war er. Das war direkt. Direkt und unverschämt. Wenn Ostrowsky sich nur ein klein wenig über seine Person erkundigt hätte, wüsste er, dass er ein glühender Gegner eines Verkaufs der *Wiese* war.

„Ich glaube, da haben Sie den falschen Mann gekidnappt, Herr Ostrowsky." Jetzt grinste Landtwing. Meine Parteikollegen und -kolleginnen stehen geschlossen hinter mir, wenn es darum geht, den Verkauf der *Wiese* zu verhindern. Ich kann Ihnen aber gerne ein paar Namen nennen von Leuten aus anderen Parteien, die Sie vielleicht gewinnen könnten." Theo Landtwing fühlte sich erleichtert.

„Ich glaube, ich habe genau den richtigen Mann eingeladen, Herr Landtwing", konterte Ostrowsky. Er fixierte Landtwing, seine Augen waren zu schmalen Schlitzen geworden. „Ich weiß mehr über Sie, als Sie ahnen. Gestern noch habe ich mit meinem Freund Guido Wyss über Sie geredet. Er hat mir gesagt, Sie gingen ihm auf den Sack, um es einmal deutlich zu sagen. Also auf den Sack mit Ihren ständigen Versuchen, auf ihn Einfluss zu nehmen, was seine Haltung zum Verkauf der *Wiese* angeht. Er wollte just an diesem Abend - also gestern Abend - mit Ihnen bei einer kleinen Tour mit seinem Boot einmal Tacheles reden." Ostrowsky ließ seine Worte erst einmal auf Landtwing wirken. Dem blieb der Mund offenstehen. Für einen Moment war er wie gelähmt. Wollte ihm Ostrowsky etwa drohen? Ihm einen Mord anhängen? Ein Telefonat – was bewies das schon? Wollte er etwa damit zur Polizei gehen?

Als Ostrowsky das Gefühl hatte, er hätte Landtwing genug Zeit gelassen, um seine Situation einzuschätzen, fuhr er fort: „Nun kommt mein Vorschlag, Herr Landtwing: Entweder Sie setzen sich vehement und überzeugend im Gemeinderat für den Verkauf dieser Wiese an mich ein oder ich werde mein Wissen mit der Polizei teilen."

„Und was, bitte schön, wollen Sie der Polizei sagen? Dass ich mich mit Guido getroffen habe?

Haben Sie dafür Beweise? Oder wollen Sie nur versuchen, meinen Ruf zu ruinieren? Also, wenn Sie nicht mehr zu bieten haben, dann war's das jetzt für mich. Sie brauchen Ihren reizenden Mitarbeiter nicht zu bemühen. Ich finde allein nach Zug zurück." Landtwing wollte schon aufstehen und gehen, als Ostrowskys Augen wieder groß und rund wurden und er mit sanfter Stimme riet: „Sie bleiben besser noch ein bisschen. Ich habe durchaus noch was zu bieten." Landtwing wurde bleich und kalter Schweiß brach aus. Wollte Ostrowsky ihm jetzt Gewalt androhen?

„Ich habe verlässliche Mitarbeiter. Das war für mich schon immer das A und O für ein gutgehendes Geschäft. Sollten Sie sich merken, Landtwing. Natürlich habe ich gleich Steely Stan hier losgeschickt." Er deutete dabei auf seinen Mitarbeiter. „Er hat sich ein wenig am Zuger Bootshafen herumgetrieben und ein paar Erinnerungsfotos gemacht. Schöne Stelle. Schöne Aussicht. Gab tolle Fotos." Landtwing schluckte. Damit hatte er nicht gerechnet. Seine Stimme klang rau, als er sagte: „'Tacheles reden'. Sie kennen ja Ausdrücke. 'Tacheles' habe eher ich mit Wyss geredet. Und das Thema hätte Ihnen bestimmt nicht gefallen." Damit wollte er Ostrowsky klar machen, dass er sich nicht geschlagen geben würde. Schließlich wusste auch er einiges über Ostrowsky, was diesen in ein schlechtes Licht rücken würde.

Kapitel 6

Als Tabea Stocker am nächsten Morgen die
Räume der Polizeidienststelle betrat, war von Hektik nichts spüren. So anders als in Zürich, dachte
sie. Dort waren die Kollegen und Kolleginnen immer damit beschäftigt, zu telefonieren, Leute zu
vernehmen, einem Kollegen etwas zuzurufen,
zum Beispiel, dass der Kollege ihm ein *Gipfeli* aus
der Kantine mitbringen sollte oder dass der Chef
mit seiner Bariton-Stimme über alle hinweg brüllte
und nach irgendetwas verlangte. In Zug war es anders. Hauptmann Rogenmoser saß in seinem
Büro, das Telefon am Ohr, den Blick in die Betonwüste vor seinem Fenster gerichtet und er schien
allem Anschein nach ein Privatgespräch zu führen.
Na hoffentlich dauert das nicht zu lange, dachte
Tabea Stocker. Ich muss schließlich dringend mit
ihm reden. Sie ging an der Glasscheibe vorbei, die
sein Büro von dem Großraumbüro der anderen
trennte. Die Dienststelle war noch ziemlich neu
und sehr geschmackvoll eingerichtet. Der graue
Teppich kontrastierte mit den orangen und gelben
Bezügen der Besucherstühle, die farblich korrespondierende orange-gelbe moderne Kunst, der
massive Ficus Benjamini und der warme Holzton
der Trennwände zwischen den Arbeitsplätzen ließen ein Gefühl der Behaglichkeit aufkommen. Die
Arbeitsplätze waren tipptopp ausgestattet, was in

Zürich nicht immer der Fall war. Ein kleiner Raum am hinteren Ende des Korridors wurde für Besprechungen und Verhöre benutzt, gegenüber die Toiletten und daneben eine kleine Teeküche mit einer erstklassigen Espressomaschine. Tabea Stocker fühlte sich jedes Mal gewürdigt, wenn sie an ihren Arbeitsplatz kam. Außer ihr war bisher nur Leutnant Beat Iten an seinem Platz, der auf seinen PC-Bildschirm starrte, die rechte Hand über die Maus gelegt. *„Guete Morge*, Beat", rief sie ihm gut gelaunt zu. *„Ah, du bisch's. Au en guete Morge*, Tabea." Anscheinend hatte sie ihn bei einer Arbeit gestört, die viel Konzentration verlangte. Auch wenn es oft angenehm ruhig zuging, waren die Kolleginnen und Kollegen gewissenhaft und fleißig. Ja, die Arbeit wurde eher gründlicher ausgeführt als andernorts, weil der ständige Druck fehlte.

Tabea Stocker legte ihre Schlüssel, ihre Karte, die ihr das Betreten der Dienststelle erlaubte, ihren Fahrradhelm und ein dünnes weißes Strickjäckchen auf ihren Schreibtisch und ging in die Teeküche, um sich einen Kaffee zu holen. Dann setzte sie sich an ihren Arbeitsplatz und startete den Computer auf. Es fiel ihr nicht leicht, den Bericht über den gestrigen Vorfall zu formulieren. *Bootsunfall am 22. Juli 2020*. Vor allem am Wort 'Unfall' blieb sie hängen. Hoffentlich ist der Rogenmoser bald fertig mit Telefonieren, dachte sie, als dieser auch schon auf den Flur trat und zu ihr kam.

„Guten Morgen, Tabea. Gut geschlafen?" Der Hauptmann schien in guter Stimmung zu sein. „Ich habe gerade mit dem Kommandanten telefoniert und durchgegeben, dass wir definitiv von einem Unfall ausgehen. Hegglin war nach meiner Schilderung der Faktenlage ebenfalls damit einverstanden, dass nicht weiter ermittelt wird. Also schreibst du den Bericht und legst ihn mir bitte möglichst heute noch vor. Wenn alles abgeschlossen ist, kann der Leichnam auch freigegeben werden und Frau Wyss kann ihren Gatten beisetzen."

Tabea Stocker sah ihn mit ungläubigen Augen an.

„Wie ist denn die Faktenlage?", fragte sie. „Ist der Bericht der Forensik schon da?"

„Nun, noch nicht abschließend, aber mir wurde heute morgen mitgeteilt, dass die Stelle, an der er den Schlag bekommen hat, der ihn wahrscheinlich bewusstlos über Bord hat gehen lassen, genau mit der Höhe des Großbaums übereinstimmt. Da er alleine auf dem Boot war, kann es nur ein tragischer Unfall gewesen sein."

„Chef, ich würde trotzdem gerne noch einmal auf das Boot von Wyss gehen. Ich hatte ja gestern keine Chance, mir selbst ein Bild zu machen. Ich möchte einfach sicher gehen, dass wir nichts übersehen haben. Dann können wir die Sache auch mit gutem Gewissen abschließen."

„Ja, was willst du denn da finden, was die Spusi nicht gefunden hat? Traust du deinen Kolleginnen und Kollegen nicht?"

„Doch, doch, natürlich vertraue ich darauf, dass Lukas und Vivianne alles sehr genau untersucht haben, aber ich habe so ein Bauchgefühl, das mir sagt, wir sollten nochmal hinschauen."

„Wenn's dich glücklich macht", gab Rogenmoser widerwillig nach. „Aber zuerst fragst du Frau Wyss, ob das in Ordnung geht, weil das Boot bereits wieder vertäut und freigegeben worden ist. Außerdem musst du die Hafenpolizei hinzuziehen. Einer von denen soll mit dir mitgehen. Ich will mir da nichts vorwerfen lassen. Die Kollegen haben auch noch die Schlüssel, um die Abdeckung öffnen zu können."

Tabea Stocker strahlte ihren Chef an: „Super. Danke, Nikolas. Du bist der Beste!" Patricia Wyss würde ja heute noch in der Dienststelle erscheinen. Sicher würde sie Gelegenheit finden, nach der Erlaubnis zu fragen. Sie schaute auf die Uhr. Es war neun. Frau Wyss wollte um zehn Uhr bei ihnen sein. Bevor sie eintraf, legte sich Stocker schon mal die Nummer der Hafenpolizei zurecht.

Patricia Wyss kam ganz in Schwarz. Selbst ihre blonden Haare hatte sie unter ein schwarzes Kopftuch gebunden. Mit ihr zusammen kam ihre Tochter Nadine. Ebenfalls ganz in Schwarz, nur mit Hut statt Kopftuch. Stocker begrüßte die beiden. „Schön, dass es Ihnen möglich war zu kommen. Wir werden gleich rüber in die Pathologie gehen. Jemand von ihnen sollte noch bestätigen, dass es sich bei dem Toten um ihren Mann und Vater handelt. Geht das?" Sofort verlor Patricia Wyss die Fassung. Sie begann heftig zu weinen. Nadine versuchte sie zu beruhigen.

„Frau Wyss, es muss nicht unbedingt sein. Ihr Mann ist ja überall bekannt hier in Zug und auch hier bei uns. Hauptmann Rogenmoser kann die offizielle Bestätigung auch selbst vornehmen," lenkte Stocker ein.

„Nein, nein. Ich muss ihn noch einmal sehen, bitte. Ich muss einfach ..." Das Ende des Satzes ging in ihrem Schluchzen unter. Mittlerweile hatte auch Hauptmann Rogenmoser mitgekriegt, dass Besuch da war. „Patricia! Um Himmels Willen. Es muss ja furchtbar für dich sein. Und natürlich auch für die Kinder." Er schaute Nadine an, näherte sich aber ihrer Mutter und nahm deren Hände in die seinen.

„Es tut mir ja so leid, so leid. Das kannst du mir glauben. Wie konnte so etwas nur geschehen?"

„Ach, Nikolas, es ist eine Katastrophe. Ich kann es einfach nicht fassen. Und ihr seid ganz sicher?" Rogenmoser nickte.

„Dann möchte ich ihn jetzt gerne sehen. Gibt es denn sonst noch etwas, was ich wissen sollte?"

„Wir gehen definitiv von einem Bootsunfall aus. Der Großbaum hat ihn im Genick getroffen und über Bord geworfen. Wahrscheinlich war er kurz bewusstlos, so dass er untergegangen ist und sich nicht mehr retten konnte. Wir haben keine Spuren von irgendwelchen anderen Personen gefunden.

Die Fingerabdrücke, die wir gefunden haben, werden von euch sein. Aber das untersuchen wir noch. Wer hätte ihn auch umbringen sollen? Ist dir denn irgendetwas an ihm aufgefallen, was darauf hindeuten könnte?" Frau Wyss schüttelte den Kopf. Rogenmoser blickte wieder auf Nadine.

„Und dir, Nadine?"

„Nein. Im Gegenteil. Wir hatten vorgestern noch einen total entspannten Abend mit dem Papi. Denken Sie denn, er könnte ermordet worden sein?"

Rogenmoser verneinte heftig.

„Wie geht es denn jetzt weiter?", wollte Patricia Wyss wissen.

„Wir schließen die Untersuchungen so schnell wie möglich ab. Oberleutnant Stocker wird einen Bericht verfassen, dann wird die Leiche von Guido freigegeben."

„Und wann wird das etwa sein? Ich muss mich ja bald mit dem Bestattungsinstitut in Verbindung setzen und einen Termin für die Beerdigung ausmachen."

„Lass uns noch zwei, drei Tage Zeit. Wir beeilen uns. Versprochen. Ach, außerdem: die Kollegen in der Forensik haben noch die persönlichen Sachen von Guido, die sie auf dem Boot gefunden und untersucht haben. Auch seine Schuhe. Du kannst alles mitnehmen. Also, Patricia, nochmal mein herzliches Beileid. Wir melden uns, sobald es geht. Oberleutnant Stocker wird euch jetzt begleiten."

Unterwegs zur Pathologie und Forensik wagte sich Tabea Stocker vor: „Es tut mir leid, Sie zu belästigen, aber ich habe eine Bitte."

„Ja, was gibt es denn noch, Frau Stocker?" Die Stimme von Patricia Wyss klang schwach und ein wenig ungeduldig.

„Frau Wyss, ich kann Ihnen versichern, dass es nicht mehr lange gehen wird, bis Sie die Beerdigung in die Wege leiten können. Ich bin schon dabei, den Abschlussbericht zu schreiben, aber ich müsste noch einmal auf das Segelboot Ihres Mannes. Ich konnte gestern keinen detaillierten Eindruck gewinnen und ..."

„Kein Problem, Frau Stocker. Von mir aus können Sie noch einmal hin. Die Kinder und ich werden jetzt sowieso nicht segeln gehen. Das können Sie sich ja sicher vorstellen."

„Danke, Frau Wyss. Wir wollen ja auch nichts außer Acht lassen, um den Tod Ihres Mannes aufzuklären. Ich werde außerdem jemanden von der Hafenpolizei hinzuziehen, die haben ja auch noch den Schlüssel für die Abdeckung. Soll ich Ihnen anschließend den Schlüssel wieder vorbeibringen?"

„Es wäre mir lieber, Sie schreiben den Bericht so schnell es geht. Es scheint ja nichts aufzuklären zu geben. Die Leute von der Hafenpolizei können mir den Schlüssel auch bringen."

„Geht in Ordnung. "

Sie waren mittlerweile schweigend beim Obduktionsraum angekommen. Wie erwartet, weinte Frau Wyss, als sie ihren Mann da so liegen sah. Nadine war bleich geworden. So bleich, dass Stocker schon darauf gefasst war, das Mädchen auffangen zu müssen, sollte sie ohnmächtig werden. Schließlich bestätigten beide mit einem Nicken, dass dies der Leichnam von Guido Wyss war und drehten sich zum Gehen um. Wortlos gingen die drei in das Stockwerk darüber, wo Vivianne Betschart bereits mit dem Rucksack und den Schuhen von Guido Wyss auf sie wartete. Auch sie kondolierte und ließ sich den Empfang der Sachen unterschreiben.

Der Kollege Tschudin von der Hafenpolizei wartete bereits am Boot von Wyss auf Tabea Stocker. Sie war eilends auf ihr Velo gestiegen und kurz darauf am Hafen angekommen. „Grüezi, Oberleutnant Stocker. Tschudin mein Name. Jetzt wollen wir doch mal sehen, dass wir das Boot für Sie wieder aufdecken können." Er fummelte mit einem kleinen Schlüssel an einem Vorhängeschloss. „Jetzt hämmer's", meinte er triumphierend, als sich das Schloss öffnete. Zu zweit rollten Sie die Plane zurück. Tabea Stocker stieg ins Boot, während Tschudin auf dem Holzsteg stehen blieb und sie beobachtete. Zunächst schaute sie sich in aller Ruhe nur um. Dann untersuchte sie die Gegenstände, die unter den Sitzen und unter dem Deck herumlagen: Seile, Rettungswesten, eine Taschenlampe, ein Nothilfekasten, ein kleiner Feuerlöscher, eine Rauchkerze, ein Kästchen mit Werkzeug und Ersatzösen und ein noch feuchtes grünes Handtuch. Ansonsten war nichts Auffälliges auf dem Deck, am Großbaum und am Mast zu finden. Durch Klopfen versuchte sie versteckte Nischen zu finden. Nichts. Da Tabea Stocker keine erfahrene Seglerin war, konnte sie nur hoffen, dass alles gründlich von Lukas und Vivianne untersucht worden war. Sie schaute noch einmal nach Kratzern innen und außen am Boot, konnte aber auch da nichts Besonderes erkennen. Sie nahm einen *Plastiksack* aus ihrer Tasche und zog sich Gummihandschuhe an. Dann griff sie nach dem grünen Handtuch und steckte es in den *Sack*. „Ich glaub, ich bin fertig", rief sie nach oben zu Tschudin. Der nickte und stieg aufs Boot, von wo aus sie zusammen die Abdeckung über das Boot rollten, befestigten und schließlich wieder verschlossen. Tabea Stocker bedankte sich bei dem Kollegen und verabschiedete sich. Auf dem Weg über die Holzplanken des Bootsstegs kam ihr der einzige Fund, den sie in der Hand hielt, vor, wie ein einzelner angefressener Pilz, der sich am Ende noch als wertlos herausstellen würde. Vivianne hätte das Handtuch sicher mit ins Labor genommen, falls sie es für notwendig befunden hätte. Sie war enttäuscht. Hatte sie ihre Intuition hier in Zug verlassen? Aber besser als mit leeren Händen zurückzukehren, fand sie. Bevor sie wieder auf den

Asphalt des Hafenareals trat, drehte sie sich noch einmal um, und nahm den sanften Wind, die wärmende Sonne und den Geruch des Sees in sich auf. Dann atmete sie tief durch und ging zu ihrem Velo. Auf dem Weg zurück zu ihrer Dienststelle überlegte sie, ob sie nicht im näheren Bekanntenkreis von Wyss herumstochern sollte. Mit wem hatte er zu tun? Mit wem hatte er Streit? Mit wem war er eng befreundet? Und auch wieder: Mit was hatte er zu tun? Aber diesen Fragen müsste sie wohl im Alleingang nachgehen. Fragte sich nur noch, wie sie als neu Zugezogene an die Antworten kam.

Am Nachmittag rief Rogenmoser alle Mitarbeiter zu einem Meeting zusammen. Mittlerweile war außer Beat Iten noch Leutnant Sylvia Odermatt eingetroffen. Zu viert setzten sie sich in das kleine Besprechungszimmer. Hauptmann Rogenmoser übernahm das Wort: „Wie ihr alle wisst, hat sich gestern die Vermisstensuche von Stadtrat Guido Wyss auf tragische Weise geklärt. Die Forensik hat ihre Arbeit abgeschlossen. Sie gehen davon aus, dass er beim Segeln vom Großbaum so stark im Genick getroffen wurde, dass er wahrscheinlich bereits bewusstlos über Bord ging und ertrank. Die Forensiker konnten eindeutig den Baum ausmachen als den Gegenstand, der Wyss ins Genick geschlagen hatte. Dass er barfuß war, könnte darauf hindeuten, dass er ausgerutscht ist. Es gab keine Hinweise auf zu hohen Alkoholgehalt oder Drogen im Blut, genauso wenig wie andere Spuren von Gewalteinwirkung oder Fremdgewebe, zum Beispiel unter den Fingernägeln. Die Spurensuche hat nichts gefunden, was darauf hinweist, dass noch andere Personen an Bord waren. Wobei hier muss ich sagen, dass gewisse Fingerabdrücke noch mit denen seiner Familienmitglieder abgeglichen werden müssen, was aber mit größter Wahrscheinlichkeit zu keinen neuen Erkenntnissen führen wird. Erst letzten Sonntag ist die Familie noch gemeinsam gesegelt. Logisch, dass ihre Spuren auf dem Boot zu finden sind. Ich habe deshalb heute morgen schon mit dem Kommandanten gesprochen und wir waren uns einig, dass der Fall als Unfall behandelt wird und keine weiteren Ermittlungen nötig sind. Allerdings sieht das Tabea nicht ganz so. Sie war heute morgen noch einmal auf dem Boot und hat *was* gefunden?", fragte er und wandte sich Tabea Stocker zu. Stocker war es etwas peinlich, mit einem feuchten Handtuch als Antwort aufzuwarten und sie beschloss, ihren Fund erst einmal für sich zu behalten. „Nichts, Chef", sagte sie mit einem reumütigen Blick.

„Na also", entgegnete Rogenmoser zufrieden. Die Sitzung war beendet.

Kapitel 7

Verärgert trat Tabea Stocker in die Pedale ihres Velos. Hauptmann Rogenmoser hatte sie eben noch dafür getadelt, dass der Unfallbericht Wyss noch nicht wie verlangt am Ende des Tages vorlag. 'Getadelt' war noch nett ausgedrückt. Sie hatte sich geradezu heruntergeputzt gefühlt. Wie eine Anfängerin. Dabei war sie nur immer wieder ins Stocken gekommen bei dem Versuch, den Bericht glaubwürdig zu formulieren. Ihr fielen immer wieder Details auf, die ihrer Meinung nach noch nicht genügend hinterfragt und untersucht worden waren. Die Fingerabdrücke, zum Beispiel. Zudem ärgerte sie sich über ihr Verhalten während des Meetings. Dass sie das mit dem Handtuch nicht hatte zugeben wollen und es deshalb nun so aussah, als hätte der Rogenmoser Recht behalten und sie nur Gespenstern nachrannte. Und jetzt fing es auch noch an zu regnen! Ja, toll! Alle sind gegen mich, dachte sie frustriert. Wenigstens war es nicht weit zu ihrer Wohnung in der Gartenstadt.

Es war nicht leicht gewesen, eine bezahlbare Wohnung in Zug zu finden. Reines Glück, dass sie die kleine Dreizimmerwohnung in einem schon in die Jahre gekommenen Block mit sechs Wohneinheiten gefunden hatte. Ihre Kollegin Sylvia hatte sie auf das *Amtsblatt* aufmerksam gemacht, das in der Dienststelle auslag und das außer amtlichen Mitteilungen auch Wohnungsanzeigen enthielt. Dort war sie fündig geworden. Die Wohnung war genau das, was sie ideal fand: ruhig, mit Balkon, nicht zu groß, nicht zu klein, verhältnismäßig günstig, unprätentiös und vor allem nahe am Arbeitsplatz. Sie hätte durchaus zu Fuß gehen können, aber Tabea Stocker schlief gern lange und hatte oft wenig Zeit, um pünktlich an ihren Schreibtisch zu kommen. Jetzt hievte sie ihr nasses Velo die fünf Treppenstufen hinunter in den Fahrradkeller. Sie zog ihren Helm aus und legte ihn in das Körbchen, wo bereits der *Plastiksack* mit dem feuchten Handtuch lag. Sie schnappte den *Sack* und lief nach oben in ihre Wohnung im zweiten Stock. Dort legte sie das 'Beweisstück' auf einen Hocker im Flur und ging ins Badezimmer, um sich abzutrocknen. Sie schaute in den Spiegel. Oh, mein Gott, wie seh' ich denn aus? Das, was man mit gutem Willen als Frisur hätte bezeichnen können, war durch die Nässe und den Helm völlig ruiniert worden. Plattgedrückt, zusammengeklatscht. Sie hätte heulen können. Was für ein Scheisstag!

Abgetrocknet, umgezogen und ein Handtuch wie ein Turban um den Kopf gewickelt, ging sie in die Küche, holte ein *Goldmandli*-Bier aus dem Kühlschrank, öffnete es und schlurfte ins Wohnzimmer, wo sie sich erschöpft auf die knallgelbe Couch niederließ und die Beine hochzog. Zur Ablenkung schaltete sie den Fernseher ein und versuchte, alle negativen Vibes aus ihrem Kopf zu verbannen. Sie öffnete ein zweites Bier.

Etwa eine halbe Stunde später klingelte ihr *Natel*. Es war Vivianne. „*Hoi*, Tabea," grüßte sie gut gelaunt. „Du, ich hab dir doch versprochen, Bescheid zu sagen, wenn wir mal wieder in die Chollerhalle tanzen gehen. Heute Abend läuft dort wieder die Disco für Senioren", sagte sie mit ironischem Unterton. „Mathias und ich wollen so gegen neun Uhr hingehen. Wenn du Lust hast mitzukommen, würden wir uns freuen. Was meinst du?"

„*Hoi*, Vivianne. Nett, dass du mich nicht vergessen hast. Ich weiß nicht so recht." Tabea Stocker klang nicht motiviert. „Ich bin total kaputt. Es war ein frustrierender Tag heute."

„Jetzt komm halt mit. Gegen Frust hilft am besten Abtanzen. Wir warten um neun vor dem Eingang auf dich. Keine Widerrede." Vivanne ließ sich nicht abweisen.

„Okay. Vielleicht hast du Recht", willigte Tabea schließlich ein. „Um neun also vor der Chollerhalle. Fährt da ein Bus hin?", wollte sie noch wissen. Das Prasseln am Fenster zeugte von zunehmendem Regen, da konnte man das Velo vergessen, überlegte sie.

„Wir holen dich kurz vor neun zuhause ab", erklärte Vivianne. „Wie war nochmal deine Adresse?"

Tabea Stocker gab ihr die Adresse durch und verabschiedete sich von Vivianne. Dann stand sie

vom Sofa auf, ging in die kleine quadratisch-prak-
tische Küche und bereitete sich ein schnelles
Abendessen zu: Tortellini drei Minuten in heißem
Wasser gesiedet und dazu ein Fertigsugo aufge-
wärmt. Ein paar Scheiben Tomate und Gurke in
Olivenöl-Balsamico-Sauce legte sie zur Vitamin-
versorgung in ein Salatschüsselchen. Das Ganze
war in einer Viertelstunde angerichtet und in fünfzehn Minuten gegessen. Es blieb noch Zeit, sich
selbst ein wenig zurechtzumachen.

Um kurz nach neun Uhr betraten die drei die
Chollerhalle. Mathias besorgte Getränke an der
Bar und Vivianne und Tabea belegten einen der
Stehtische im Vorraum der Halle. Es waren vielleicht 30 oder 40 Leute erschienen, die sich großzügig in den zwei Räumen verteilten. Einige tanzten bereits zu Hits der 80er- und 90er-Jahre. Obwohl die Halle zur Hälfte abgetrennt war, war sie
immer noch zu groß, um ein angemessenes Disco-
Gefühl zu erzeugen. Tabea Stocker war von den
Clubs in Zürich eher das Gegenteil gewohnt. Etwas enttäuscht sah sie in die Runde. Vivianne, die
ihr Minenspiel erraten hatte, versuchte, sie zu beruhigen: „Jetzt hat man noch schön viel Platz zum
Tanzen, aber so gegen elf Uhr wird es dann voller." Tabea konnte sich das nur schwer vorstellen.
„Sag mal, Vivianne, was habt ihr für Fingerabdrücke auf dem Boot vom Wyss gefunden?"
„Du willst dich aber jetzt nicht ernsthaft über die

Arbeit unterhalten, oder?", fragte diese zurück. „Na ja, nur so lange, bis Mathias zurück ist", versuchte Stocker ihr Glück. Vivanne schüttelte ungläubig den Kopf. Trotzdem gab sie Antwort: „Es gibt natürlich einige. Der Wyss ist ja nicht immer alleine segeln gegangen. Ein Teil wird von seiner Frau und den Kindern sein und der ein oder andere Abdruck lässt sich sicher Freunden zuordnen. Aber es soll ja keine gründliche Untersuchung geben, weil es sich ja klar um einen Unfall handelt. Kosten sparen, du verstehst? Wir sollen lediglich die Abdrücke mit denen der Familienmitglieder abgleichen. Sollten sich dann noch andere Abdrücke feststellen lassen, die Anlass zu Zweifeln geben, sehen wir weiter."

Mathias war mit zwei Flaschen Bier und einem Glas Mineral an ihren Tisch getreten. Er war etwa so groß wie Vivianne, hatte dichtes schwarzes Haar, kurzgeschnitten, und einen Drei-Tage-Bart. Er wirkte sehr maskulin, fand Tabea Stocker, und passte gut zu seiner femininen Partnerin. Sympathisch war er auch. Seine freundlichen Augen blickten Tabea interessiert und aufmerksam an, seine Begrüßung, als er sie abholte, war herzlich. Er gab ihr zu keiner Zeit das Gefühl, das dritte Rad am Velo zu sein. Vivanne hatte echt Glück.

Vivianne und Mathias brauchten nicht lange, um sich von der Musik zum Tanzen motivieren zu lassen. Tabea blieb am Stehtisch und schaute sich um. Es waren zwar noch einige Leute hinzugekommen, aber ein Mathias für sie war nicht dabei. Die meisten waren sowieso als Paare gekommen. Häufig auch zwei Frauen zusammen.

Als schließlich *Beat it* von Michael Jackson gespielt wurde, hielt es Tabea auch nicht länger aus und bewegte sich zu den anderen auf die Tanzfläche. Die Reihe von tanzbaren Stücken brach nicht ab und so gelang es ihr, den Frust des Tages nach und nach abzuschütteln. Mit jedem Song schwangen ihre Hüften stärker aus und ihre Arme streckten sich bei jeder rhythmischen Gelegenheit der ganzen Länge nach in die Höhe. Ihr missmutiger Ausdruck changierte jetzt zwischen feurig und tranceartig und es hatte sich ein feiner Glanz auf ihrem Gesicht gebildet. Nur nebenbei bemerkte sie, dass Vivianne und Mathias offenbar einige der anderen Tänzer kannten, da sie mal dem oder jener zuwinkten oder sich kurz etwas mitteilten.

Nach einer guten Weile kehrten die drei an ihren Tisch zurück. Tabea erklärte sich bereit, neue Getränke zu holen. Als sie zurückkam, hatte sich eine weitere Person zu ihnen gesellt. Anscheinend ein Kollege von Mathias. „Danke, Tabea", sagte Vivianne. „Das ist Theo. Theo, darf ich dir Tabea vorstellen. Sie ist eine Arbeitskollegin." Tabea Stocker nickte ihm zu. „*Hoi*, Theo." „*Hoi*, Tabea", erwiderte er. Sie musterten sich interessiert. Er hat keinen Ring am Finger, stellte sie fest. Das muss aber gar nichts heißen. Sie arbeitet für die Polizei, überlegte er. Was sie dort wohl macht? Sieht süß aus, mit den feinen Gesichtszügen und den rötlichen Haaren, fand sie. Tolle Figur, dachte er. Tabea hatte sich wegen des Wetters nicht wie Vivianne ein dünnes Blümchenkleid angezogen, sondern ein paar enge Blue Jeans und ein vorteilhaft ausgeschnittenes, weites Top. Zarte Hände, beobachtete sie weiter. Was die wohl alles so können? Einige Ideen entwickelten sie bereits in ihrem Kopf, aber ihre Gedankenspiele wurden jäh von Vivianne unterbrochen. „Du warst doch auch gut mit dem Guido Wyss befreundet, oder Theo?"

„Ja, schon", bestätigte er. „Eine schreckliche Geschichte." Alle nickten betroffen.

„Stell dir vor, Tabea war gerade am Brüggli, als zwei Stand-Up-Paddler mit dem toten Guido ankamen", erzählte sie weiter. „Oh je!" kam es synchron von Mathias und Theo, die Tabea mitleidsvoll ansahen.

„Und jetzt bist du mit dem Unfall befasst?", fragte Theo interessiert.

„Mit dem Bericht bin ich befasst. Die Untersuchung ist ja praktisch abgeschlossen." Weiter wollte Tabea Stocker nicht auf die Sache eingehen. „Hey, hört mal: *Sex Bomb* von Tom Jones, da muss ich tanzen gehen. Wie wär's Theo? Kommst du mit?" In Erwartung, dass er ihr folgen würde, tanzte sie schon vom Tisch aus in die Mitte der Tanzfläche. Er enttäuschte sie nicht und kurze Zeit später legten sie ein erotisches Duett vom Feinsten aufs Parkett. „Da haben sich ja zwei

Hungrige gefunden", meinte Mathias grinsend zu Vivianne. Die musste lachen. „Ja, die Tabea, das ist schon eine 'Sex Bomb'."

„Wollen wir auch nochmal?", fragte Mathias aufmunternd. Vivianne willigte freudig ein. Eine Zeitlang tanzten die vier gemeinsam zu *Overload* von den Sugar Babes, *Sweet Dreams* von den Eurythmics, *Hold me, thrill me, kiss me, kill me* von U2, *Can't stop loving you* von Van Halen, bis sich Tabea Stocker und Theo Landtwing erschöpft wieder zu ihrem Stehtisch begaben. Tabea Stocker, die vor Hitze und Durst fast umkam, leerte ihr Glas *Mineral*, das ihr Theo an der Bar besorgt hatte, in einem Zug. Theo nahm ein paar kräftige Schlucke aus seiner Bierflasche.

„Woher kennst du den Stadtrat Wyss? Arbeitest du auch im Bauamt?", wollte Tabea Stocker wissen.

„Nein, nein. Ich bin Geschäftsführer der GGZ, der Gemeinnützigen Gesellschaft Zug. Den Guido? Ach, schon ewig kenn ich den oder besser: kannte ich ihn." Er schaute betroffen an Stocker vorbei. „Wir sind schon zusammen in die Schule gegangen und sind uns bei der gemeinsamen Arbeit im Gemeinderat wieder nähergekommen. Er war ein cooler Typ. Ich mochte ihn sehr, auch wenn er durch die Heirat mit der reichen Patricia ein wenig abgehoben hatte." Tabea Stocker nickte verständnisvoll. „Kannst du mir sagen, an was er in letzter Zeit gearbeitet hatte?", hakte sie nach.

„Ich weiß nur, was im Gemeinderat so ansteht. Was er als Leiter des Bauamts genau tat, weiß ich nicht," wich Landtwing aus.

„Und was steht im Gemeinderat so an?" Stocker ließ nicht locker. Sie spürte, dass es Theo nicht so ganz angenehm war, auf ihre Fragen zu antworten.

„Einiges natürlich", setzte er wieder an, „du kannst das auf der Homepage im Internet nachlesen." Er war offensichtlich nicht gewillt, ihr genauere Informationen zu geben. Jetzt drehte er sich etwas weg von ihr und begrüßte eine blonde junge Frau. „Das ist Jeanette," stellte er sie vor. „Und das ist Tabea Stocker." Die nickte und hielt Jeanette die Hand hin. Sie war höchstens zwanzig Jahre alt. Tabea Stocker wunderte sich, warum sie zu eine Disco Ü30 ging. Nachdem Händeschütteln wandte sich Jeanette entschuldigend auch schon wieder ab und eilte in Richtung Tanzfläche.

„Jeanette ist die Tochter meiner Nachbarin", erklärte Theo, um eventuellen Missverständnissen vorzubeugen. Tabea Stocker nickte wieder.

„Weißt du", fuhr er fort, „die Patricia tut mir am meisten leid. Sie hatte sowieso schon Sorgen mit Guido. Guido war ein Spieler. Er trieb sich öfter, als es gut für ihn war, in Spielcasinos in Zürich herum."

„Wie meinst du das: Öfter, als gut für ihn war?", wollte Tabea Stocker wissen.

„Er hatte Schulden in einem der Casinos in Zürich. Ich möchte nicht wissen, um was für einen Betrag es sich handelte. Erst vor kurzem hat er es mir bei einem Glas Wein gestanden. Mir schien er recht verzweifelt zu sein. Ich konnte ihm nicht wirklich helfen. Nach meiner Scheidung habe ich kein Geld mehr auf die Seite legen können. Womöglich muss Patricia jetzt dafür aufkommen. Die Arme!"

Tabea Stocker wunderte sich etwas darüber, dass ein fast Fremder ihr solche vertraulichen Informationen gab. Sie entschied sich, die günstige Gelegenheit beim Schopf zu packen.

„Weißt du denn auch, in welchem Casino er die Schulden hatte?"

„Ja, es ist das bei der Sihlbrücke. Ich war einmal mit dabei. Soweit ich weiß, gehört es einem gewissen Ostrowsky. Guido hat den Namen ein paar Mal fallen lassen."

„Ja, das kenn ich auch", Tabea Stocker grinste über die Erinnerung. „Ich hab da mal richtig abgeräumt beim Poker."

Theo schaute sie erstaunt und amüsiert an. „Ja, da schau einer an. Ich ahnte ja nicht, wie viele Talente du hast."

„Da kannst du mal sehen. Besser, du nimmst dich in Acht vor mir", scherzte sie zurück.

„Aber die Patricia Wyss ist schon eine Arme, da hast du Recht. Da hat sie diesmal beim Erben nicht so viel Glück gehabt." Das war eigentlich ein wenig pietätlos gewesen, überlegte Tabea Stocker.

Hoffentlich würde er es ihr nicht übelnehmen. Aber Theo sagte nichts.

Die Chollerhalle hatte sich tatsächlich noch ordentlich gefüllt, aber die ersten Gäste verließen die Veranstaltung auch schon wieder. Erschöpft kamen Vivianne und Mathias an den Stehtisch zurück. Es war mittlerweile schon halb zwölf.

„Wie sieht es bei dir aus, Tabea? Mathias und ich würden dann auch gerne bald mal gehen. Sollen wir dich wieder mitnehmen?", wollte Vivianne wissen.

Tabea Stocker sah auf die Uhr. „Au ja. Schon arg spät. Ja, das wär toll, wenn ich wieder mitfahren dürfte."

„Es hat mich gefreut, dich kennenzulernen", wandte sie sich an Theo. „Vielleicht sehen wir uns ja bald mal wieder?", fragte sie herausfordernd. „Wenn du mich suchen solltest, dann ruf einfach bei der Vermisstenstelle der Polizei an." Sie grinste keck. Er nickte lächelnd. Dann verabschiedeten sie sich.

Kapitel 8

Am nächsten Morgen, es war ein Samstag, lag Stocker gemütlich in ihrem Bett und dachte nach. Draußen regnete es immer noch. An Aufstehen wollte sie jetzt gar nicht denken. Lieber ließ sie den gestrigen Abend noch einmal Revue passieren. Es war voll schön gewesen. Vor allem, dass Theo aufgetaucht war, Theo mit den zarten Händen! Einen Moment lang schwelgte sie in ihren Erinnerungen. Dann kam ihr wieder ihre Unterhaltung in den Sinn. Was ihr Theo da erzählt hatte, war schon interessant. Dass Guido Wyss ein Spieler gewesen sein soll, der noch dazu hohe Spielschulden angehäuft hatte, war eine Information, die ihre Zweifel nährte. Sie beschloss spontan, am Abend nach Zürich zu fahren und sich auf eigene Faust das Spielcasino einmal genauer anzusehen. Nachdem der Entschluss gefasst war, schaute sie sich in ihrem Schlafzimmer um. Kleider lagen herum, die gewaschen werden mussten, Staubflocken hatten sich im Zimmer verteilt und in den anderen Räumen sah es auch nicht besser aus. Die Hausarbeit, die sie in den letzten Tagen vernachlässigt hatte, schrie geradezu nach Erledigung. Bei dem Gedanken daran fiel es ihr noch schwerer, ihr warmes Bett zu verlassen. Ja, gab sie widerwillig nach, dann fangen wir halt mal mit einem Kaffee an.

Es war schon gegen Mittag, als sie am aufgeräumten Esstisch saß und einen langen Einkaufszettel schrieb. Sie würde ihr Velo mitnehmen müssen, so viel konnte sie gar nicht nach Hause schleppen. Sie schaute aus dem Fenster. Der Regen hatte etwas nachgelassen und es sah so aus, als würden sich die Wolken langsam lichten. Besser noch ein Weilchen abwarten, dachte sie. Vielleicht konnte sie ja dann ohne Regenschutz los. Das Klingeln ihres Telefons unterbrach ihre Überlegungen. Es war Vivianne.

„*Hoi*, Tabea. Wollte nur mal hören, wie's dir geht und wie's dir gestern gefallen hat." Tabea Stocker bedankte sich noch einmal dafür, dass Vivianne und Mathias sie mitgenommen hatten, und erklärte, dass der Abend super gewesen sei.

„Weißt du, der Theo hat mir ja noch etwas Merkwürdiges erzählt", begann sie die Wiedergabe der Information, die sie über Wyss erhalten hatte. „Ich werde heute Abend mal nach Zürich fahren, hab Lust bekommen, mal wieder meine Chancen beim Poker zu testen", fuhr sie mit einem leicht ironischen Unterton fort. „Aber bitte, sag's nicht weiter." Sie konnte das ungläubige Kopfschütteln von Vivianne förmlich vor sich sehen.

„Nein", antwortete jedoch diese „wem und warum sollte ich denn etwas weitersagen." Tabea Stocker hörte trotzdem durch, dass Vivianne ihre Idee nicht guthieß.

Nachdem sie ihren Wocheneinkauf im nahegelegenen Einkaufszentrum getätigt und verstaut hatte, begann sie, sich für den Abend im Casino schick zu machen: Haare waschen und föhnen, danach toupieren und mit Haarlack befestigen, Gesicht reinigen, Grundierung auftragen, Make-up sorgfältig verteilen, helle Stellen und Rouge geschickt so verteilen, dass Falten unsichtbar und müde Blässe verdeckt wurde. Dann die Augen: mehrere übereinandergelagerte Schichten von blauem und gelbem Lidschatten sowie Kajal fein am Lidrand und unter den Augen geschickt aufmalen, Wimpern mit Tusche verdichten und verlängern, Brauen zupfen und einfärben, Lippen knallrot schminken. Das alles brauchte viel Zeit, zumal Tabea Stocker mit exzessiver Schminkerei eigentlich wenig am Hut und deshalb kaum Übung hatte. Aber heute Abend war eine Ausnahme. Fast wie Fasnacht, eine Aufforderung, sich zu verwandeln. Tabea Stocker liebte es, sich zu verwandeln, einmal eine ganz andere zu sein. Außerdem ging man ihrer Meinung nach nicht in Alltagskleidung ins Casino. Das wäre stillos. Sie wählte ein schmal geschnittenes, kurzes schwarzes Kleid mit Ärmeln bis zu den Ellbogen und einem tiefen V-Ausschnitt, schwarze Seidenstrümpfe, ein gelbes Tuch, das sie gekonnt um den Kopf band, ohne den Effekt ihrer Frisur zu ruinieren, dazu eine relativ große, rechteckige, knallrote Lacktasche und königsblaue Stiefel mit Absätzen, in denen sie sich zutraute, kleinere Strecken zu Fuß zu gehen. Bevor sie ihre Nägel rot lackierte, bereitete sie sich einen Pilzrisotto mit Salat zu. Während sie aß, überlegte sie, welche Ziele sie im Casino erreichen wollte. Sie kam zu folgendem Ergebnis:

Ziel Nummer eins: Herausfinden, ob dieser Ostrowsky im Haus ist und wenn ja,
Ziel Nummer zwei: Ostrowsky zu Gesicht bekommen.
Ziel Nummer drei: Mit Ostrowsky ins Gespräch kommen, unauffällig, versteht sich, und ohne ihn wissen zu lassen, wo sie arbeitete.
Ziel Nummer vier: Auskundschaften, wie er mit Leuten umging, die ihre Spielschulden nicht zurückbezahlen konnten.
Ziel Nummer fünf: Versuchen, den Namen Guido Wyss ins Spiel zu bringen und seine Reaktion zu beobachten.
Ziel Nummer sechs: Nicht mehr als 100 Schweizer Franken fürs Spielen ausgeben und schließlich
Ziel Nummer sieben: Mit dem zehnfachen Betrag wieder nach Hause fahren.

Eine ehrgeizige Zielsetzung befand sie. Um nicht enttäuscht zu werden, entschied sie, dass das Erreichen der Ziele eins bis drei und sechs auch schon ein ganz gutes Ergebnis wären.

Um acht Uhr schnappte sie sich ihren blauen Regenmantel und ließ sich vom Bus zum Bahnhof in

Zug bringen. In der S-Bahn nach Zürich war es ziemlich voll und Tabea Stocker musste fast die ganze Zeit stehen. Der ältere Mann, der neben ihr stand, roch nach Bier und *Stumpen* und glotzte sie an. „*Hämmer Fasnacht*, oder was?", fragte er provokativ und grinste dreckig. Sie drehte sich um und ignorierte ihn. Etwas später, als ein Platz frei wurde, setzte sie sich zwei Teenagern gegenüber. Beide blickten in ihre *Natel* oder tippten irgendwelche Texte hinein. Irgendwann schaute die eine auf und sah sie verwundert an. Dann tuschelte sie mit ihrer Kollegin, die sie jetzt ebenfalls ansah. Wieder schauten sie sich gegenseitig an und tuschelten und kicherten. Schließlich fragte die eine plötzlich. „Entschuldigen Sie, sind Sie nicht Jasmin Andermatt?" Darauf lachten beide laut los. Jasmin Andermatt, dachte die Stocker verärgert. Ausgerechnet diese blöde Talk-Show-Kuh. Wie können diese Hühner sie nur mit der verwechseln? Oder waren sie einfach nur frech? Unverschämtheit! Fast hätte sie noch gesagt: Ja, genau. Wollt ihr ein Autogramm?, aber sie entschied sich, auch diese Fahrgäste zu ignorieren und zu schweigen. Der Zug würde ja auch in wenigen Minuten in den Hauptbahnhof Zürich einfahren, wie man gerade über die Lautsprecheransage vernahm. Von dort nahm sie das Tram zum Casino.

An der Garderobe gab sie ihren Mantel ab, wechselte ihre Franken in Chips und fuhr dann mit der

Rolltreppe an der mit Spiegeln, Glitzer und Spotlights dekorierten Wand entlang in den ersten Stock. Dort ging sie nach rechts in den Saal mit der größten Bar und blieb einen Moment am Eingang stehen, um sich zu orientieren. Noch bevor sie sich entscheiden konnte, wohin sie gehen wollte, kam jemand auf sie zu: „Ja, ist das nicht Tabea Stocker?", rief ein Mann mittleren Alters in gelber Hose und einem grün-gelb-karierten Sakko, auf der Nase eine auffällige blaue Brille.

„*Hoi*, Ricardo", begrüßte ihn Tabea Stocker. Ricardo hieß eigentlich Richard Kälin und kam aus Einsiedeln im Kanton Schwyz. Als Maler abstrakter Kunst hatte er zu seiner großen Enttäuschung keinerlei Erfolg, deshalb war er schon vor Jahren in die Gilde der Kunstfälscher eingetreten und hatte damit erstaunlich viel Geld erwirtschaftet und sich eine Reihe zwielichtiger Freunde gemacht. Hin und wieder war er Tabea Stocker aber auch bei einigen ihrer Fälle behilflich gewesen. Die Unterwelt war schließlich seine Welt.

„Ja, lass dich umarmen, meine Liebe. Schaust ja *mega* gut aus. Könnte dich fast als Modell für die Kopie eines Mondrians nehmen." Tabea Stocker ließ sich umarmen und sie tauschten die obligatorischen drei Wangenküsschen aus.

„Irgendwie werde ich das Gefühl nicht los, mein Outfit für heute Abend ist voll daneben. Alle machen sich lustig", beklagte sie sich enttäuscht und beleidigt.

„Nein, nein, nein, meine Liebe! *Mega* geil, echt *mega* geil. Du wirst auffallen heute und mir die Schau stehlen. Leider." Er machte ein gespielt trauriges Gesicht. „Aber komm, setzen wir uns", lachte er. „Was willst du trinken?" Er führte sie zu einem niedrigen Tisch, um den herum drei mit rotem Samt bezogene Sessel standen.

„Einen Martini Rosso mit einem Würfel Eis, bitte." Tabea Stocker nahm auf einem der Sessel Platz. Auf dem Tisch stand bereits ein halbvolles Sektglas.

„Ich hab dich ja länger nicht zu Gesicht bekommen. Wo hast du dich versteckt?" Ricardo stellte den Martini vor ihr auf den Tisch.

„Bin umgezogen. Zürich war mir verleidet." Sie nahm einen kleinen Schluck von ihrem Getränk. Als nichts weiter kam, hakte Ricardo nach:

„Ja, und wo treibst du jetzt dein Unwesen?"

„Ich habe mich dahin zurückgezogen, wo die Welt noch in Ordnung ist."

„Aha. Und wo soll das sein?"

„Zug", antwortete Tabea Stocker einsilbig. Ricardo lachte. Laut, fand sie.

„Anscheinend hat dir die wilde Zürcher Unterwelt jetzt aber doch gefehlt oder musst du dein karges Polizistinnengehalt aufbessern?" Beim zweiten Satz hatte sich Ricardo näher zu ihr über den Tisch gebeugt, ihr schalkhaft in die Augen gesehen und geflüstert. Tabea Stocker lehnte sich weiter zurück und nahm einen zweiten Schluck Martini. Sie fand es nicht nötig, seine Frage zu beantworten. Stattdessen fragte sie: „Wer führt eigentlich dieses tolle Etablissement hier?"

„Oleg Ostrowsky. Ein russischer Oligarch. Kam vor ein paar Jahren in die Schweiz. Musste wohl fliehen, der Ärmste. Hat sich bestens integriert. Gut gehendes Casino, alte Villa am Zürichsee, verheiratet, Kinder in einem Internat in Genf." Wieder diese schalkhaften Augen. Wie ein Amazonenpapagei sieht er aus, der Ricardo, fand Tabea.

„Ich kann mich dem Eindruck nicht erwehren, dass du ihn nicht sonderlich magst, oder?"

Ricardo schüttelte verächtlich den Kopf.

„Ist er heute Abend hier? Hast du ihn schon gesehen?"

„Kann schon sein, meine Liebe. Warum so interessiert?"

„Ich habe meine Gründe", antwortete Stocker und zeichnete mit dem Zeigefinger ein Kreuz über ihre Lippen.

„Aha", erriet Ricardo. „Undercover Solomission! Aber mir kannst du doch was sagen." Seine kleinen stechenden Papageienaugen wurden zu großen, runden Dackelaugen. Den Kopf hatte er ein wenig schief gelegt.

„Ricardo, schau mich nicht so an. Du weißt doch, ich kann dir nicht immer alles sagen. Zumindest jetzt noch nicht."

„Weil du es bist. Komm mit. Ich hab ihn vorhin

noch im Pokerzimmer gesehen."

„Das passt! Ich wollte sowieso langsam anfangen, meine 100 Franken zu vervielfachen", grinste die Stocker und stand auf.

Sie liefen gefühlte hundert Meter auf weichem, blauem Teppichboden, bis Ricardo sie am Ellbogen berührte und ihr ins Ohr flüsterte: "Dort drüben, an dem Tisch links neben der Tür, siehst du einen sibirischen Bären."

Tabea nickte.

„Das ist er."

Tabea nickte nochmals.

„Okay. Danke, Ricardo."

Er hatte verstanden.

„Ich überlass dich jetzt deinem Schicksal. Hab noch ein Date im großen Saal. Mach nichts Unüberlegtes, Tabea, meine Liebe."

Die Ziele eins und zwei hatte sie in olympischer Rekordzeit erreicht. Ziel drei würde schwerer zu erreichen sein. Tabea Stocker ging auf einen Tisch zu, an dem noch ein Platz frei war. Drei Männer unterschiedlichen Alters hatten gerade eine Runde beendet.

„Gestatten Sie, meine Herren?" Alle drei schauten erstaunt auf, dann begeistert hin und deuteten schließlich mit einladender Handbewegung auf den freien Stuhl. Tabea Stocker nahm Platz.

Nachdem sie drei Runden verloren hatte, blieben ihr nur noch zwanzig Franken für den Einsatz.

Immer wieder hatte sie das Baritonlachen des sibirischen Bären wahrgenommen, der sich offensichtlich gut unterhielt. Über was er mit seinen Gästen sprach, konnte sie leider nicht hören. Vielleicht muss ich mich mehr auf das Spiel konzentrieren, überlegte sie. Und mich nicht von Ostrowsky ablenken lassen. Dann ließ sie sich ein letztes Mal die Karten geben. Das Spiel war zum Zerreißen spannend. Tabea Stocker konnte sich nicht zurückhalten und griff nach ihrem letzten Chip. Es lohnte sich. Die Karten wurden reihum aufgedeckt und … sie hatte gewonnen. Erlöst von der Spannung und glücklich über den unerwarteten Erfolg, sprang Tabea Stocker vom Stuhl auf und schrie: „Yes, yes, yes!" Alle drehten sich zu ihr um. Auch der Bär. Erst jetzt hatte er sie wahrgenommen. Was für ein bunter Fisch ist uns denn da ins Netz gegangen, rätselte Ostrowsky. Neugierig geworden, stand er auf und ging zu ihrem Tisch.

„Es ist immer schön, eine glückliche Frau zu sehen", schmierte er ihr Honig um den Mund. „Und noch dazu so eine auffallend schöne Frau. Amerikanerin?", fragte er. Als Tabea Stocker, überrascht von der plötzlichen Ansprache, skeptisch den Komplimenten gegenüber, aber vor allem noch im Taumel einer Gewinnerin, nicht gleich antwortete, stellte sich der Casinobesitzer vor.

„Verzeihung, wie unhöflich von mir. Mein Name ist Oleg, Oleg Ostrowsky. Ich bin der stolze Besitzer dieses Etablissements, das Frauen glücklich macht." Dazu zwinkerte er mit dem linken Auge und streckte ihr die Hand hin.

„Schweizerin. Tabea Stocker. Guten Abend, Herr Ostrowsky. Ich freue mich, den eindrucksvollen und charmanten Besitzer dieses Glückstempels kennenzulernen." Sie schüttelten sich die Hände.

„Ich möchte Sie keinesfalls dazu überreden, Ihre gerade beginnende Glückssträhne abzubrechen, aber wenn Sie eine kleine Pause benötigen, würde ich Sie gerne zu einem Drink einladen." Tabea Stocker konnte ihr Glück kaum fassen: Ziel Nummer drei war in realistische Nähe gerückt und vielleicht könnte sie sogar noch Ziel Nummer vier erreichen.

„Sie haben Recht, Herr Ostrowsky. Eine kleine Pause wäre jetzt genau das Richtige. Man sollte eine Glückssträhne in Ruhe angehen und nicht im Freudentaumel des ersten Gewinns. Dann entschuldigte sie sich bei ihren Mitspielern und folgte dem Bären zur Bar.

Nachdem Sie sich einen Kir Royal gewünscht und Ostrowsky ihr und sich selbst einen solchen bestellt hatte, legte sie gleich aufgeregt los. „Das war ja jetzt so knapp mit meinem Gewinn. Mein Spielgeld hatte ich schon fast ausgegeben. Und ich bin da sehr diszipliniert: Nie mehr als das Spielgeld, sag ich mir immer. Ich habe also meinen letzten Zwanziger draufgelegt. Es war beängstigend. Hat sich aber voll gelohnt." Sie strahlte Ostrowsky an.

„Glücksspiel ist Spiel mit dem Feuer", philosophierte dieser. „Es gibt eben immer zwei Seiten der Medaille." Ob dieser Mann sein Deutsch in Form von Sprichwörter gelernt hat, fragte sich Stocker und nickte zustimmend.

„Wie gehen Sie als Casinobesitzer damit um, wenn jemand weiter geht als ich und Spielschulden anhäuft, die er nicht mehr zurückbezahlen kann?" Die Stocker legte einen verständnisvoll-interessierten Gesichtsausdruck auf. „Solche Leute könnten Sie doch in den Ruin treiben, oder?"

Ostrowsky blieb gelassen. Sie war nicht die Erste, die ihn so etwas fragte. „Nun, wir haben *Limiten* und wir kennen unsere Stammgäste. Bei uns werden keine Schulden angehäuft." Er blickte treuherzig. „Nastrowje, Tabea Stocker. Auf weiteres Pokerglück!" Sein Glas auffordernd nach oben gehoben, wartete er darauf, dass sie den Toast erwidern würde.

„Zum Wohl, Oleg Ostrowsky. Auf weiterhin glückliche Gäste."

„Ich habe Sie hier noch nie gesehen", stellte der Bär fest. „Kommen Sie aus Zürich?", wollte er wissen. Hier kam die Gelegenheit für Tabea, Ziel Nummer fünf anzuvisieren. „Ich war vor Jahren schon einmal hier und hatte eine unglaubliche Glückssträhne. Aber wie es so ist, man kommt ja im Alltag zu nichts, keine Zeit, zu müde, Freunde besuchen, andere Unterhaltungsangebote ..." Sie lächelte scherzhaft. „Damals habe ich in Zürich gewohnt. Jetzt bin ich umgezogen nach Zug. Da

ist halt nicht so viel los und ich habe die Groß-
stadt vermisst. Deshalb bin ich heute einfach einmal wieder ausgeflogen und hier bei Ihnen gelandet." Sie lächelte verführerisch, aber Ostrowsky
schaute nachdenklich über sie hinweg auf eine
Säule der Bar. „Zug", wiederholte er, „es tut mir
leid, dass meine Stimmung dabei etwas absinkt,
aber ein Stammgast und Freund aus Zug ist eben
dieser Tage im See ertrunken. Das hat mich tief
getroffen." Tabea Stocker befürchtete, dass der
Bär gleich in Tränen ausbrechen würde. Deshalb
fasste sie gleich nach: „Ich hab davon in der Zeitung gelesen. Das ist ja schrecklich. Ein Freund
von Ihnen? Das tut mir sehr leid." Tabea wagte es,
den behaarten Arm des Russen sanft zu berühren.
Sie war überrascht, dass *er* den Guido Wyss ins
Gespräch brachte und nicht sie. Aber umso besser. Allerdings wagte sie sich fürs Erste auch nicht
weiter vor. Sie wechselten dann auch gleich das
Thema und smalltalkten noch eine Weile, bevor
sich Ostrowsky verabschiedete. Tabea Stocker
spielte kurz mit den beiden Gläsern auf der Theke
und begab sich dann zur Toilette. Zurück im
Spielsaal, fand sie einen Platz an einem der Poker-
tische und setzte sich auf den freien Stuhl.

Kapitel 9

Am Montagmorgen herrschte im Zuger Baudepartement große Aufregung. Es war praktisch über Nacht geköpft worden und man musste schleunigst etwas unternehmen, damit die Abteilung weiterhin reibungslos funktionierte. Eine Besprechung war für zehn Uhr anberaumt worden, in der man den Mitarbeitenden die interimistische Vertretung vorstellen und wichtige Projekte besprechen wollte. Weiterhin hatte man entschieden, die Mitglieder der Bau- und Planungskommission des *Grossen Gemeinderats* zu dem Meeting hinzuzuziehen. Das größere von zwei Besprechungszimmern wurde vorbereitet mit eilig zusammengestellten Unterlagenmäppchen, einem Laptop mit Beamer, Stiften in verschiedenen Farben fürs Flipchart und sogar einen Moderatorenkoffer mit allerhand Material hatte man vorsorglich auf die Fensterbank gestellt. Auf dem großen Konferenztisch standen Gläser und Karaffen gefüllt mit *Hahnenwasser* und auf einem Seitentisch standen Kaffee und Tee parat.

Als Theo Landtwing den Raum betrat, war es mittlerweile fast zehn Uhr und schon recht warm geworden, obwohl die Fenster offenstanden und die Jalousien heruntergelassen waren. Einige der eingeladenen Kommissionsmitglieder waren bereits eingetroffen und unterhielten sich mit der vorläufigen Verantwortlichen des Baudepartements oder einem ihrer Gemeinderatskollegen. Es gab nur zwei Frauen im Raum. Eine davon hatte sich an die rechte Seite am oberen Ende des Tisches niedergelassen und öffnete ihr Laptop. Es sah ganz danach aus, als wäre sie für das Schreiben des Protokolls zuständig. Landtwing ging zu seinen Kollegen und begrüßte sie kurz mit Handschlag, ebenso wie die Abteilungsleiter des Baudepartements, bevor er sich einen Platz in der Mitte aussuchte und sich setzte. Da die Sitzung jeden Moment beginnen würde, ließen sich nach und nach auch die anderen Herren an einem Platz nieder. Am Kopf des Tisches, rechts neben der Protokollantin, blieb ein Mann stehen. Es war Stadtrat Nikolaus Knüsel, dem man die Leitung der Sitzung anvertraut hatte.

„Guten Morgen allerseits. Ich begrüße Sie herzlich und bedanke mich, dass Sie so kurzfristig bereit und in der Lage waren, an dieser Besprechung teilzunehmen. Regula Bossard hier zu meiner Linken wird das Sitzungsprotokoll schreiben." Er nickte Regula wohlwollend zu.

„Wie Sie sicher alle mittlerweile gehört haben, ist der Grund für unser Zusammentreffen ein äußerst trauriger und ich kann Ihnen gar nicht sagen, wie sehr unsere Mitarbeiterinnen und Mitarbeiter betroffen sind von dem plötzlichen Ableben unseres geschätzten Stadtrats Guido Wyss." Knüsel machte eine Pause, um den Anwesenden Zeit zu geben, ihre Erinnerung an Wyss und ihre Trauer aufkommen zu lassen.

Dann fuhr er fort. „Damit wir reibungslos weiterarbeiten können, wird Stadträtin Rita Maier interimistisch die Vertretung für Guido Wyss übernehmen. Sie wird im Anschluss an diese Sitzung auch noch das Wort an Sie richten." Dabei nickte Knüsel Rita Maier zu. „Damit Sie sich ein Bild von den wichtigsten Projekten machen können, habe ich Ihnen eine Aufstellung vorbereitet, die Sie in ihren Unterlagenmäppchen finden und die ich jetzt gerne erläutern und mit Ihnen besprechen möchte. "

Er schaute kurz in die Runde, ob es Einwände gäbe, aber keiner der Anwesenden rührte sich. Knüsel schaltete den Beamer ein. Etwas langatmig und mit einschläfernder Stimme kommentierte er zunächst die internen Aufgaben des Vorstehers, um dann zu den Projekten zu kommen, die noch nicht in die laufende Bearbeitung übergegangen waren. Als das Projekt *Schützenmattwiese* an der Reihe war, kam Leben in die Sitzung. Theo Landtwing meldete sich als erster. „Zu diesem Projekt möchte ich gerne etwas sagen."

„Bitte sehr", gewährte Knüsel ihm die Unterbrechung.

„Im Gemeinderat steht für die Sitzung, die bereits für nächste Woche terminiert ist, die Verwendung der *Schützenmattwiese* auf der *Agenda*. Unter den gegebenen Umständen wird meine Partei dafür plä-

94

dieren, diesen Punkt zu vertagen. Wir haben keinerlei Grundlagen für eine informierte Entscheidung. Selbst die Bau- und Planungskommission ist noch zu keiner einhelligen Empfehlung gekommen." Andere Teilnehmer wurden unruhig und meldeten sich ebenfalls zu Wort.

„Wir müssen eine Grundsatzentscheidung treffen, ob wir die *Wiese* im Gemeindeeigentum belassen oder ob wir sie verkaufen, um damit andere Projekte der Gemeinde zu finanzieren. Die gegebenen Umstände ändern daran meiner Ansicht nach gar nichts." Es war Philipp Tanner, der gesprochen hatte. Einige andere stimmten ihm zu.

„Es gibt ja noch nicht einmal konkrete Pläne, was die Stadt mit der *Wiese* machen würde, wenn wir sie nicht verkaufen." Theo Landtwing hatte wieder das Wort ergriffen. „Bis *anhin* scheint mir auch kein Kaufangebot eingegangen zu sein. Ich weiß, es ist nicht verwunderlich, weil das Grundstück ja noch nicht ausgeschrieben werden konnte, aber die Zeitung hat schon über die Themen der nächsten Gemeinderatssitzung berichtet und das hat vielleicht den ein oder anderen motiviert, schon vorab ein Angebot abzugeben. Meine Frage an Herrn Knüsel: Liegen Ihnen schon solche Vorabangebote vor?" Der Knüsel hob die Hände: „Ich hatte ja noch gar keine Zeit, mir die Angelegenheit einmal anzuschauen. „Regula, weißt du etwas darüber?"

„Nichts Genaues weiß man nicht", antwortete diese vielsagend. „Aber mir kam es zumindest so vor, als wäre Guido da an was dran. Mir hat er aber keine Infos gegeben." Sie wandte sich wieder ihrem Computer zu. Alle Sitzungsteilnehmer sahen sich verwundert an. Was sollte denn der Guido da am Laufen gehabt haben?

„Mich hat er neulich nach der letzten Sitzung auch so komisch nach meiner Einstellung gefragt", erinnerte sich Tanner. „Ich habe mir aber nichts weiter dabei gedacht und gesagt hat er mir auch nichts."

„Grund genug, die Sache zu vertagen", wagte sich Landtwing wieder vor. „Wir werden auf jeden Fall den Antrag auf Vertagung stellen." Damit war das Thema erst einmal ausdiskutiert. Knüsel erläuterte noch die anderen Projekte und übergab dann das Wort an Rita Maier. Auch sie drückte noch einmal den Schock und die Trauer aus, die Sie über das plötzliche Ableben ihres Stadtratkollegen empfand und beteuerte, den Mitarbeitenden des Baudepartements jederzeit zur Verfügung zu stehen und Guido Wyss in ihr bestmöglichen Weise zu ersetzen.

Kapitel 10

Zur etwa gleichen Zeit saß Tabea Stocker an ihrem Schreibtisch im Büro der Polizeidienststelle. Die Wärme drang schon langsam durch das Fenster in den Raum hinein und würde ihn bis zum Nachmittag auf milde Saunatemperatur aufheizen. „Beat, lass doch bitte die Jalousien runter, sonst können wir nicht bis zum Feierabend durchhalten."

„Jetzt komm schon", antwortete dieser träge. „Endlich einmal ein Sommer wie in den Ländern, in die wir so gerne in Urlaub fahren. Beschwer dich nicht."

„Ja, in den Ferien! Aber nicht während der Arbeit. In den Ferien kann ich in irgendein Gewässer springen oder mich bewegungslos im Schatten aufhalten."

„Dann fahr doch nach dem Dienst mit deinem Velo an den See. Das machst du doch so gerne." Beat Iten grinste schadenfroh. Er hatte mitbekommen, in welchem Aufzug seine Kollegin die Entgegennahme des toten Guido Wyss vorgenommen hatte. Tabea war die Diskussion leid. Sie stand auf und ließ die Jalousien herunter. Das Fenster war noch weit geöffnet, damit die Morgenluft das stickige Raumklima vertreiben und durch Frische und Kühle ersetzen konnte. Sie blieb einen Moment davor stehen und überlegte, ob sie Vivianne fragen sollte, mit ihr heute zu lunchen. Vielleicht wieder im Restaurant mit den schattenspendenden Kastanienbäumen. Oder vielleicht gleich in der *Badi*? Da könnte man wenigstens die Füße noch ein bisschen im Wasser kühlen. Aber zunächst einmal musste der Bericht über den (Un)fall Wyss endlich fertig werden. Sie hatte bereits Datum und Uhrzeit sowie den Ort, wo man Guido Wyss' Leichnam gefunden hatte und die allgemeinen klimatischen Bedingungen schriftlich festgehalten. Die Namen und Adressen der Leute, die Guido bei ihrem Tauchgang entdeckt hatten, waren auch schon in den Computer eingegeben. Jetzt war sie gerade dabei, die Zeugenaussagen wiederzugeben. Da es sich um eine ganze Klasse von Tauchschülern sowie ihren Lehrer und die Stand-up-Paddler handelte, war das ein mühsames Geschäft. Gegen zehn Uhr machte sie eine Pause und griff zum Telefon. Vivianne stöhnte am anderen Ende der Leitunt auch über die Hitze und die langweilige Berichtschreiberei. Obwohl Guido Wyss' Ableben als Unfall deklariert wurde, musste sie dennoch alle Spuren, die man auf dem Boot und an seiner Kleidung gefunden hatten, inklusive ihrer möglichen Bedeutungen genauestens festhalten. Deshalb willigte sie auch sofort ein, mit Tabea Stocker einen *Zmittag* einzunehmen. Sie einigten sich auf das Strandbad. Dort gab es im Eingangsbereich ein Selbstbedienungsrestaurant und die Tische lagen fast alle im Schatten.

Vor Stocker lag ein Teller mit einem *Cervelat*, garniert mit etwas gemischtem Salat und daneben stand ein Schälchen Pommes Frites, das sie sich mit Vivianne teilte. Diese hatte, sehr zum Verdruss von Tabea, nur einen Teller Tomaten-Mozzarella-Salat genommen.

„Wie weit bist du denn mit dem Bericht über den Unfall von Guido Wyss gekommen?", fragte die Stocker ihre Kollegin.

„Würde sagen, so halb durch."

„Und was ist jetzt mit den Fingerabdrücken? Irgendetwas Auffälliges?"

„Wie soll ich was sagen, wenn keiner was wissen will?", fragte Vivianne zurück. „Der Rogenmoser will die Familie nicht weiter belasten und hält es nicht für nötig, sie um ihre Fingerabdrücke zu bitten. Und sonst kennen wir ja keinen, mit dem wir unsere Funde abgleichen könnten. Ich hab sie mal inoffiziell durch den Computer gejagt, aber keine Treffer gefunden." Sie zuckte mit den Schultern.

Tabea Stocker griff in ihre Tasche und zog einen Umschlag heraus. „Tadaaa!", sagte sie und schob den Umschlag Vivianne zu.

„Was ist das?", fragte diese erstaunt.

„Du weißt doch, ich war am Samstag im Casino. Ich hab's sogar hingekriegt, mit dem Ostrowsky zu reden. Er hat mir einen Drink ausgegeben und als er sich verabschiedet hat, war die Gelegenheit günstig. Sein Glas stand auf der Theke, der Barkeeper war gerade weg, ich habe unsere Gläser schnell getauscht, bin dann mit seinem Glas aufgestanden und habe so getan, als wollte ich mich nach einem freien Platz am Pokertisch umsehen, bin dann langsam zur Toilette gegangen und habe mit meinem privaten Graphit-Vorrat und einem Stück Scotch die Fingerabdrücke vom Glas abgenommen. Dann bin ich wieder raus ins Getümmel und hab sein gesäubertes Glas einfach irgendwohin gestellt und mich wieder an einen Pokertisch gesetzt. Nur leider hab ich beim Pokern nicht viel gewonnen an diesem Abend." Tabea Stocker grinste schelmisch übers ganze Gesicht.

„Du bist mir ja eine", sagte Vivianne erstaunt. „Aber du weißt schon, dass das vor Gericht nicht als Beweis gewertet werden kann?"

„Klar, weiß ich das, aber dann können wir wenigstens herausfinden, ob Ostrowsky auf dem Boot war."

„Das stimmt. Aber beweisen tut es gar nichts. Es wäre maximal eine Erhärtung für deinen Verdacht, dass Ostrowsky etwas mit dem Tod von Wyss zu tun haben könnte."

„Trotzdem. Jetzt sei halt nicht so eine Spielverderberin, Vivianne. Tu mir den Gefallen und überprüfe wenigstens, ob die Abdrücke übereinstimmen mit einem von denen, die ihr gefunden habt. Dann schauen wir weiter." Tabea Stocker klang fast streng. Aber auf jeden Fall ungeduldig.

„Na gut, weil du 's bist. Aber eines noch," fügte Vivianne hinzu, „einige der Abdrücke waren verwischt. Das muss aber nichts heißen."

„Mhm. Ja, die bringen uns erstmal nichts, oder?"
Vivianne nickte. „Ich werde auf jeden Fall heute
Nachmittag noch einmal mit dem Rogenmoser reden und versuchen, ihn zu überzeugen, dass wir
unbedingt die gesicherten Fingerabdrücke noch
mit denen der Familie abgleichen müssen. Sorg-
faltspflicht, werde ich sagen. Dass uns später nicht
noch jemand kommen kann und uns vorwirft, wir
hätten den Fall zu schnell als Unfall deklariert."
Vivianne stimmte ihr zu.

„Mal wieder was von Theo gehört?", wollte die
Stocker wissen.

„So schnell schon Sehnsucht?", grinste Vivianne.
„Nein, so oft sehen wir ihn nicht. Es war eher Zufall, dass er in der Chollerhalle war."

Als sie fertig waren mit dem Lunch, setzten sie
sich noch ein Weilchen auf den Steg, der zum
Sprungturm führte und ließen die Beine ins kühle
Wasser hängen. Sie hielten das Gesicht der Sonne
entgegen und schwiegen. Es fühlte sich an, als
hätte jemand auf die Pausetaste gedrückt. Ein
kleines Erholungszeitfenster bevor es weiterging.
Ein paar Schwäne drehten still ihre Runde, kleine
Kinder riefen sich etwas zu und spritzten sich gegenseitig nass, und als Tabea zur Seite blickte, sah
sie den Bademeister. Ups, dachte sie, ist das nicht
der Beachvolleyballspieler von letzter Woche? Jetzt
weiß ich zumindest, wo ich dich finden kann. Ihre

Hintergedanken verschwieg sie der Kollegin. Die musste ja auch nicht alles wissen. Leider war der schöne Bademeister beschäftigt und hatte sie nicht wahrgenommen und leider mussten sie beide zurück ins Büro beziehungsweise ins Labor.

„Da wird man richtig faul und müde." Vivianne hatte sich an Tabea angelehnt. „Ich könnt laut rausschlafen."

„Was könntest du?" Tabea Stocker war verwirrt.

„Ach, nur so ein Spruch von meinem Vater. Der hat immer gerne was verdreht." Vivianne lachte.

Zurück im Büro, wo zwei Leute, einer auf dem orangen, der andere auf dem gelben Besucherstuhl schwitzten, eilte Tabea Stocker, ihren erwartungsvollen Blicken ausweichend, den Gang hinunter zu Hauptmann Rogenmosers Refugium und klopfte an die Tür.

„Chef, wir müssen noch einmal über Fingerabdrücke auf dem Boot von Guido Wyss sprechen," platzte sie sofort heraus, nachdem er ihr Eintritt gewährt hatte. Er schaute sie genervt an.

„Es war ein Unfall und es bleibt ein Unfall. Mehr haben die Spuren nicht ergeben. Was soll denn das nun wieder?"

„Chef", begann sie mit etwas ruhigerer Stimme. „Wir haben Spuren gesichert und die werden wir noch abgleichen. Deine Worte. Und jetzt sollen wir sie nicht bearbeiten? Das könnte uns später vielleicht einmal als äußerst nachlässig, wenn nicht gar schlampig, ausgelegt werden. Und auch die Familie Wyss könnte dann jeden Zweifel beiseite schieben."

„Die Familie Wyss hat keine Zweifel und ich möchte nicht, dass sie in ihrer Trauer gestört wird und Zweifel bekommen könnten, verstehst du das denn nicht?" Rogenmoser war auf dem besten Weg, sauer zu werden.

„Und wenn ich sie sehr feinfühlig und sehr diplomatisch frage, ob sie dem Abgleich zustimmen?", versuchte es Stocker sanft.

Hauptmann Rogenmoser war aufgestanden, was er immer tat, wenn er ungeduldig, unentschieden oder unsicher war. Er ging zum Fenster und sprach in Richtung Betonwüste: „Also gut. Aber wirklich sehr feinfühlig, wenn ich bitten darf. Die Ergebnisse kommen dann sofort zu mir. Sollte es dann noch ungeklärte Abdrücke geben, schau ich mir die Sache eben noch einmal an."

In der Art, wie Nikolas Rogenmoser das sagte, meinte Tabea Stocker zu erkennen, dass er vielleicht befürchtete, seine eigenen Abdrücke könnten auf dem Boot gefunden worden sein. War er auch schon mit Guido Wyss gesegelt, schoss es ihr durch den Kopf. Aber selbst wenn. Sie schob den Gedanken wieder weg, bedankte sich für die Genehmigung des Abgleichs und lief zurück in ihr Büro, den erwartungsvollen Blicken der Besucher wiederum ausweichend.

„Vivianne, ich hab ihn rumgekriegt! War gar nicht

mal so schwer. Das mit der schlampigen Arbeit hat wohl gewirkt. Ich werde jetzt mit Patricia Wyss sprechen und dann können wir endlich sehen, welche Abdrücke noch ungeklärt sind", teilte Tabea Stocker ihrer Freundin aufgekratzt mit.

„Ja, super Arbeit," lobte Vivianne. „Aber jetzt fahr erst einmal etwas runter, bevor du bei der Wyss anrufst. Sonst sagt sie noch Nein."

„Geht klar. Ich mach mir jetzt erst einmal *es Käfeli*. Bis später."

Als sie wieder auf den Flur trat, waren die Besucherstühle leer. Beat Iten nahm offensichtlich ihre Anzeige auf.

Kapitel 11

„Was um alles in der Welt ist das?" Rita Maier
warf sich im bequemen Chefsessel ihres Vorgän-
gers Guido Wyss zurück und schlug die Hände
zusammen. Sie hatte gerade einen eleganten,
großen Briefumschlag geöffnet und fand dort ein
großzügiges Angebot für den Kauf der *Schützen-*
mattwiese. Absender: Oleg Ostrowsky.

„Regula", rief sie durch die geöffnete Tür in Richtung Vorzimmer, „gibt es denn schon eine Ausschreibung für die *Schützenmattwiese*? Ich weiß zumindest nichts davon!" Kurz darauf stand Regula
im Türrahmen. Heute trug sie ein schlabberiges
weißes Leinenkleid und Kunstledersandalen.
„Wenn es eine gäbe, hätte ich Sie darüber informiert, Frau Maier", erklärte Regula vorwurfs-
voll.

„Mhm, ja eben", meinte Rita Maier beruhigend.
„Warum schickt man uns dann ein Kaufangebot?"
Die Frage blieb unbeantwortet im Raum stehen.
Regula hatte sich bereits wieder zurück zu ihrem
Schreibtisch begeben. „Hm, und was mach ich
jetzt damit?" sagte Rita Maier zu sich selbst. Sie
griff zum Telefonhörer und wählte die Nummer
des Stadtpräsidenten. Sie hatte Glück. Silvan
Stamm war gerade ins Büro gekommen. Seine Se-
kretärin stellte Rita Maier zu ihm durch.

„Guten Morgen, Silvan. Gut, dass ich dich direkt

sprechen kann. Bei uns ist heute ein äußerst interessantes Kaufangebot von einem Oleg Ostrowsky für die *Schützenmattwiese* eingegangen und ich brauche deinen Rat, was ich damit machen soll. Wenn ich es ihm zurückschicke mit der Begründung, dass es keine Ausschreibung gibt, fühlt sich der Gemeinderat möglicherweise übergangen. Es könnte ja eventuell zu einer schnelleren Entscheidung führen, was mit dieser Wiese geschehen soll. Was meinst du?"

Am anderen Ende war nichts zu hören. Stamm schien zu überlegen. Schließlich räusperte er sich und sagte kurz angebunden: "Ich werde zunächst mit den anderen Stadträten sprechen. Melde mich wieder. Ciao, Rita."

„Ciao, Silvan", antwortete Rita Maier, aber Stamm hatte schon aufgelegt.

Am späten Nachmittag wurde sie von Stamm darüber informiert, dass es in der folgenden Woche eine außerordentliche Gemeinderatssitzung geben werde. Sie solle Ostrowsky mitteilen, dass man über sein Angebot nachdenke.

„Hm", machte Rita Maier wieder und öffnete ihr Email-Programm. Bevor sie wieder Vorwürfe von Regula zu hören bekommen würde, dass sie Wichtigeres zu tun hätte, schrieb sie diesem Ostrowsky lieber selbst eine Antwort.

Währenddessen klingelte Tabea Stocker einmal mehr an der Haustüre von Patricia Wyss. Es war halb fünf, kurz vor Feierabend, und die Sonne beschien die Villa frontal. Bestimmt würden einige Menschen unten in der Stadt von den Reflexionen in den riesigen Fensterscheiben ordentlich geblendet werden. Ein paar Meter neben ihr saß eine Siamkatze wie aus Stein gehauen neben einem Schilfgras und beobachtete sie. „Eingebildetes Vieh", flüsterte Stocker in dem Moment, als die Türe geöffnet wurde. Diesmal war es die Tochter, die sie fragend anblickte. Tabea Stocker grüßte sie. Nadine war auch heute in Schwarz gekleidet und sah blass aus.

„Wer ist es denn, Nadine, Schatz?", kam es aus dem Inneren des Hauses.

„Die Polizei", antwortete Nadine.

„Ist es die Frau Stocker?", wollte Patricia Wyss wissen.

„Ja", bestätigte das Mädchen einsilbig.

„Dann bitte sie herein." Gerade als Tabea Stocker durch die Tür treten wollte, schlüpfte vor ihr die Katze ins Haus. Freches Vieh, dachte sich Stocker, ein Flüstern unterdrückend.

Patricia Wyss war ebenfalls in Schwarz, was ihr außerordentlich gut stand, fand Stocker. Sie saß auf dem weißen Ledersofa, einen Schreibblock, Dokumente und Notizbücher vor sich. Offensichtlich waren die beiden dabei, Vorkehrungen für die Beerdigung von Guido Wyss zu treffen. Sie stand auf, als Tabea Stocker kurz vor dem Sofa Halt machte und reichte ihr die Hand zur Begrüßung.

Bei näherem Hinsehen konnte man auch bei ihr Spuren der Trauer, rote Ränder um die Augen und eine etwas fahle Gesichtshaut, feststellen.

„Es tut mir sehr leid, Sie noch einmal stören zu müssen, Frau Wyss", begann Stocker. „Aber wir wollen Sie auch nicht enttäuschen durch nachlässige Arbeit. Es wurden Fingerabdrücke vom Boot Ihres Mannes genommen und, obwohl es aller Wahrscheinlichkeit nach ein Unfall war, so möchten wir doch die Abdrücke noch untersuchen und abgleichen. Dazu benötigen wir Ihre Abdrücke und die Ihrer Kinder."

Patricia Wyss war noch eine Nuance blasser geworden. „Aber wir werden doch nicht verdächtigt?", fragte sie entsetzt.

„Nein, das kann ich Ihnen versprechen. Aber wenn wir Ihre Abdrücke ausschließen, können wir feststellen, ob es noch weitere, fremde Spuren gibt. Denen könnten wir dann nachgehen, verstehen Sie?" Frau Wyss verstand und erklärte sich bereit. Auch Nadine nickte. Tabea Stocker informierte die beiden, dass gleich Vivianne, die im Wagen wartete, mit ihrem Equipment hochkommen würde.

„Was ist mit Joel?", fragte Nadine. „Er ist beim Training."

„Frau Betschart von der Spurensicherung wird mit Ihrer Erlaubnis einen Abdruck von einem Gegenstand aus seinem Zimmer nehmen", erläuterte Stocker an Patricia Wyss gewandt.

„Da nimmt sie am besten seinen Laptop", schlug Nadine vor. „Soll ich ihn holen?" Tabea Stocker nickte.

Vivanne Betschart hatte das ganze Prozedere innerhalb einer Viertelstunde erledigt und die beiden zogen unter dem misstrauischen Blick der Siamkatze, die es sich auf der Fensterbank in der Sonne gemütlich gemacht hatte, wieder ab.

Kapitel 12

Punkt zwei Uhr nachmittags des nächsten Tages versammelten sich Nikolas Rogenmoser, Vivianne Betschart und Tabea Stocker in dem kleinen Besprechungsraum der Polizeidienststelle. Nur wenig Licht drang aus dem Nordfenster, was günstig war, wenn man mit dem Beamer arbeiten wollte. Das war heute allerdings nicht nötig. Nachdem Stocker drei Tassen Kaffee, Gläser und eine Karaffe mit *Hahnenwasser* auf den Tisch gestellt hatte, schaltete sie das Licht an. Rogenmoser nickte zustimmend. Schließlich sollte Vivianne Betschart ihre Ergebnisse vernünftig ablesen können.

„Ich mach es kurz", leitete Betschart ihren Bericht ein. „Der Abgleich der Fingerabdrücke auf dem Boot von Guido Wyss mit denen seiner Familie ist positiv. Alle eindeutig feststellbaren Abdrücke sind entweder von Guido Wyss oder von einem seiner Familienmitglieder. Es bleiben ein paar verwischte Spuren, die nicht mehr zuordenbar sind. Sie können von der Familie Wyss oder einer Fremdperson stammen. Die Tatsache, dass keine fremden Abdrücke gefunden wurden, kann damit zusammenhängen, dass das Boot vor Saisonbeginn ordentlich gereinigt wurde. Für uns ist das gut, weil wir mit Gewissheit sagen können, dass unsere Ergebnisse eindeutig sind. Hätten wir noch x andere alte Abdrücke, müssten wir unsere Nachforschungen erheblich ausweiten."

„Na also!" Rogenmoser war zufrieden. „Ich hoffe, du bist jetzt überzeugt, Tabea, dass es sich um einen Unfall handelte. Die Akte wird geschlossen."

Stocker musste sich wohl oder übel damit abfinden. Etwas missmutig nickte sie Rogenmoser zu und nahm einen Schluck Kaffee. Überzeugt war sie jedoch immer noch nicht. Aber sie hatte absolut nichts mehr in der Hand. Vivianne Betschart hob ihre Schultern und blickte Tabea Stocker entschuldigend an. Sie konnte jetzt auch nichts mehr machen. Rogenmoser war schon aufgestanden und leerte mit ein paar Schlucken seine Kaffeetasse: „Beat hat einen Vermisstenfall, bei dem er deine Hilfe gebrauchen könnte, Tabea."

„Ay, ay, Chef", erwiderte sie müde.

Als Rogenmoser den Besprechungsraum verlassen hatte, saßen die beiden Frauen noch einen Moment beieinander und schlürften ihren Kaffee.

„Du bist nicht überzeugt, oder?" Vivianne schielte zu Tabea.

„Der verwischte Abdruck lässt mir keine Ruhe", erwiderte diese. „Kann man den denn gar nicht rekonstruieren?"

„Du meinst, er könnte von Ostrowsky sein?"

„Wäre doch möglich?"

„Nein, der bringt uns nicht weiter. Ich habe versucht, den Teilabdruck mit dem von Ostrowsky zu vergleichen, aber es ist mir keine Ähnlichkeit aufgefallen. Und überhaupt: Vor Gericht kannst du nicht mit einem verwischten Abdruck kommen, das ist dir doch auch klar, oder?"

„Wenigstens könnten wir sein Alibi überprüfen", meinte Stocker störrisch.

Betschart stöhnte: „Mensch, Tabea! Du gibst wohl nie auf."

Stocker zuckte mit den Schultern. Sie tranken ihren Kaffee aus und gingen zurück an ihre Arbeit.

„Unser Hauptmann meint, du bräuchtest Unterstützung", wandte sich Tabea Stocker in fragendem Ton an Beat Iten.

„Wenn du sonst nichts zu tun hast", konterte er schadenfroh, weil sie mit ihrer Vermutung, der Wyss könnte das Opfer einer Gewalttat gewesen sein, auf dem Holzweg gewesen war.

„Na, dann zeig mal! Was hast du bis jetzt?"

„Der Vater von Roswitha Bürgler, Hans Frei, zweiundneunzig, ist seit vorgestern verschwunden. Wie du dir vorstellen kannst, ist der Alte schon etwas dement und findet den Heimweg nicht mehr. Jetzt sollen wir bei der Suche helfen." Iten klang nicht enthusiastisch.

„Haben die Bürglers schon etwas unternommen, um ihn zu finden?"

„Ja. Sie haben Freunde und Nachbarn gefragt und die Zuger Zeitung gebeten, die Leser um Mithilfe bei der Suche zu bitten."

„Mhm. Und wo wurde er zuletzt gesehen?"

„Bei seiner Tochter am Guggiweg 5. Da hat er noch nach dem Frühstück im Garten gesessen und friedlich auf den See geschaut. Die Tochter ist dann einkaufen gegangen und als sie zurückkam, war er weg."

„Und wo war ihr Mann?"

„Der war schon früh weggefahren. Er hatte einen Auftrag in Luzern zu erledigen."

„Mhm", machte die Stocker. Das brachte jetzt ja noch nicht viel.

„Hat denn das Ehepaar Vermutungen, wo er hingegangen sein könnte?"

„Die haben sie schon alle abgecheckt: Auf dem Friedhof war er nicht, bei einem Freund war er nicht, bei den Nachbarn ist er nicht aufgetaucht, für sein Lieblingsrestaurant war es noch zu früh, alle schon geöffneten Cafés haben sie abgeklappert, in der Migros haben sie gefragt und im Coop in der Neustadtpassage sowie im Coop City am Bundesplatz. Nichts."

„Mhm." Mehr fiel Tabea Stocker nicht dazu ein.

„Vielleicht bringt die Vermisstenmeldung in der Zeitung ja noch was. Soll ich auch noch einmal mit den Bürglers reden?"

„Tu, was du nicht lassen kannst, aber erwarte keine Wunder", meinte Beat Iten.

„Die Kollegen von der Bereitschaftspolizei sind informiert, nehme ich an?"

„Natürlich!" Iten klang leicht genervt.

„Und wie willst du jetzt weiter vorgehen?"

„Frau Bürgler hat uns die Gewohnheiten ihres Vaters, die Namen seiner Freunde und seine Interessen aufgeschrieben. Ich wollte mir das noch einmal genauer ansehen und verschiedenen Möglichkeiten nachgehen."

„Okay. Soll ich einen Teil übernehmen?"

„Nein, aber du kannst dir das frühere Arbeitsumfeld vornehmen."

„Mhm", machte Tabea Stocker wieder. Es war ihr schon klar, dass Iten die lästigere und voraussichtlich weniger gewinnbringende Aufgabe loswerden wollte.

„Ich ruf noch schnell die Frau Bürgler an, um einen Termin auszumachen, du kannst mir derweil die Informationen, die du schon hast, als Mail schicken." Iten nickte zufrieden.

Nachdem Stocker mit Frau Bürgler einen Termin für den Nachmittag ausgemacht hatte, vertiefte sie sich in die Angaben über den Vermissten. Hans Frei war 1929 in Rorschach am Bodensee geboren. Seine Eltern hatten eine kleine Landwirtschaft und Nebeneinnahmen aus der Fischerei. Nach der Schule hatte Hans eine Ausbildung zum Elektriker und später in St. Gallen eine Fortbildung zum Elektrotechniker gemacht. 1950 fand er bei Landis und Gyr in Zug eine Stelle, die er bis zu seiner Pensionierung im Jahr 1994 bekleidete. 1953 heiratete er Annelies Huber aus Baar. Roswitha war ihr einziges Kind. Das Haus am Guggiweg kaufte Frei in den 60er Jahren. Nach dem Tod von Annelies vor fünf Jahren, zog er in die kleinere Wohnung im Erdgeschoss. Oben zogen seine Tochter und ihr Mann ein, weil sie sich so besser um Frei kümmern konnten. Das war der Überblick, den Iten ihr zugeschickt hatte. Als frühere Interessensgebiete waren angegeben: Wandern (Mitglied im Wanderverein Rorschach), Radfahren, Angeln, Segeln.

„Sag mal, Beat", rief sie ihrem Kollegen zu, nachdem sie die Notizen gelesen hatte. „Wie gut war der Frei denn noch zu Fuß?"

„Der war anscheinend noch recht rüstig,"

„Habt ihr denn auch schon auf dem Zugerberg und in den Wäldern dort suchen lassen?"

„Kollegen sind auf dem Weg dorthin", antwortete Iten.

Velofahren kam wahrscheinlich nicht in Frage. Dann blieben noch Angeln und Segeln.

„Und am See?"

„Mensch, Tabea, ich bin nicht blöd. Natürlich hab ich schon mit der Hafenpolizei gesprochen und es werden heute noch zwei Bereitschaftspolizisten am See patrouillieren. Ich dachte, du wolltest dich um die Arbeitsstellen kümmern?"

„Ja, schon recht." Sie schaute auf die Uhr. „*Oha, lätz*. Es ist ja gleich vier Uhr!" Tabea Stocker fuhr ihren Computer herunter, stand auf, schnappte ihre Tasche und lief zur Anmeldung, um den Autoschlüssel für ein Polizeifahrzeug zu holen.

Im Guggiweg angekommen, traf sie auf eine völlig aufgelöste Frau Bürgler.

„Ich weiß nicht mehr, was ich noch machen soll", jammerte sie den Tränen nahe. „Der Papi braucht doch seine Tabletten und was zu essen und zu trinken. Jetzt ist er schon den dritten Tag verschwunden. Haben Sie denn noch gar keine Hinweise?"

Tabea schüttelte bedauernd den Kopf.

„Kommen Sie, Frau Bürgler. Wir machen uns jetzt einen Kaffee und dann gehen wir noch einmal verschiedene Möglichkeiten durch. Ich bin sicher, wir werden Ihren Vater bald finden. Die Bereitschaftspolizei ist schon überall am Suchen."

Frau Bürgler beruhigte sich daraufhin etwas und ging in die Küche zur Kaffeemaschine. Stocker schaute sich um. Frau Bürgler hatte sie ins Wohnzimmer gebeten, wo sie auf einem grauen Zweisitzer Platz genommen hatte. Am Fenster stand ein Esstisch aus Eichenholz mit vier Stühlen, darauf prangte eine große Vase mit einem Blumenstrauß aus bunten Gladiolen. Ihr gegenüber war ein weiterer Zweisitzer und dazwischen ein Couchtisch aus Glas. Bücherregale und eine Vitrine mit Fotos darauf standen entlang der Nordwand. Tabea Stocker stand auf und besah sich die Fotos. Als Frau Bürgler mit einem Tablett wieder hereinkam fragte sie: „Haben Sie noch weitere Fotos von Ihrem Vater?" Frau Bürgler nickte. Sie stellte das Tablett auf den Esstisch und ging an eines der Regale. Dort zog sie ein in Leinen gebundenes Fotoalbum heraus, dass schon ziemlich abgenutzt aussah. Sie legte es zwischen sich und Stocker auf den Esstisch. Dann goss sie Kaffee ein und offerierte Stocker Kekse. Schließlich öffnete sie das Album und begann zu erzählen.

„Hier ist er im Wohnzimmer meiner Großeltern. Da muss er so acht oder neun gewesen sein. Das ist seine Mutter und die Schwester meiner Großmutter." Sie zeigte auf eine kleine Schwarz-Weiß-Fotografie mit gezacktem Rand. Dann blätterte sie weiter. „Das ist im Garten meiner Großeltern. Sie hatten einen sehr schönen Garten, der bis an den See reichte. Mein Vater steht gerade mit dem *Ätti* am See und sie holen die Fischreusen ein. Ach, und hier hat er gerade seine Technikerprüfung bestanden. Da sieht er sehr glücklich aus. Er war ja auch mächtig stolz." Das letzte Foto war größer und zeigte Frei zusammen mit anderen jungen Männern aufgereiht auf einer kleinen Bühne.

„Darf ich noch einmal das Foto vom Garten sehen", bat Stocker. Frau Bürgler blätterte zurück. Ganz am Rand war ein kleines Holzgebäude zu sehen. „Wissen Sie, was das für ein Gebäude ist?" Frau Bürgler überlegte eine Weile, dann sagte sie: „Das müsste das kleine Bootshaus gewesen sein. Mein Großvater hatte es wohl gerade erst gebaut. Es sieht noch so neu aus."

Es war schon nach fünf Uhr, als Stocker und Frau Bürgler mit dem Album durch waren. Dabei war

Tabea Stocker aufgefallen, dass es recht viele Fotos von Hans Frei gab, die ihn in seiner Jugendzeit mit dem Vater oder Freunden am See zeigten. Eigentlich nicht verwunderlich, wenn man am Seeufer zu Hause ist.

„Ihr Vater scheint eine enge Beziehung zum See gehabt zu haben", vermutete Stocker.

„Ja, das stimmt. Deswegen war er auch ganz zufrieden, dass er Arbeit in Zug gefunden hatte. Eine Zeitlang hatte er auch ein Segelboot, aber das ist schon mindestens zwanzig Jahre her. Wir sind am Sonntag oft damit auf den See hinaus. Das waren glückliche Tage", erklärte Frau Bürgler wehmütig.

Tabea Stocker bekräftigte noch einmal ihr Versprechen, dass sie alles daran setzen würden, Frau Bürglers Vater zu finden, bedankte und verabschiedete sich.

Kapitel 13

Als sie wieder im Auto saß, nahm Stocker ihr Handy aus ihrer Tasche. Schon halb sechs, stellte sie fest, aber sie öffnete trotzdem den Kontakt zu Beat Iten und wählte ihn an. Als niemand mehr abnahm, schrieb sie eine Kurznachricht: *Hab eine Idee und geh noch zum See.* Blödsinn, dachte sie und wollte ihre Absicht gerade umformulieren, als ihr Handy klingelte.

„Beat, du bist ja doch noch erreichbar!"

„Klar, bin ich noch bei der Arbeit. Der Frei ist jetzt schließlich schon den dritten Tag verschwunden. Viel Zeit bleibt uns vielleicht nicht!"

„Ich fahr jetzt zum Fischereimuseum und zur *Männerbadi*. Ich hab da so eine Vermutung."

„Was willst du denn dort? Was hat das mit seinem ehemaligen Arbeitsumfeld zu tun? Außerdem: Das Museum ist zu und in der *Männerbadi* haben unsere Kollegen von der Bereitschaftspolizei schon alles abgesucht."

Die Stocker blieb stur. „Es geht mir um die Bootshäuser dort am See. Ich fahr jetzt auf jeden Fall mal dorthin."

„Tu, was du nicht lassen kannst." Beat Iten kapitulierte.

Vom Guggiweg fuhr Stocker über den Hügel in den Rothusweg und dann rechts runter Richtung

Altstadt. Am Kolinplatz bog sie links ab und ge-
langte schließlich in die autofreie Unter Altstadt.
Auf der Höhe des Fischereimuseums machte sie
Halt und durchquerte zu Fuß die kleine Gasse, die
zum Museum und zum See führte. Direkt vor ihr
war das Bootshaus. Ein Steg führte an dem alten
Holzgebäude entlang. Ein paar Feierabend-Son-
nenanbeter hatten sich darauf niedergelassen. Die
Stocker ging herum, schaute vom See her in den
Teil, in dem das Boot verstaut wurde, klopfte an
die Bretterwand des Teils, der einen kleinen In-
nenraum umschloss und rief mehrmals Freis Namen. Einer der Sonnenanbeter blickte sie genervt
an. Stocker ignorierte ihn und ging zurück zum
Wagen. Als sie losfahren wollte, überlegte sie, wie
sie fahren müsste. Es war ein ziemlich verschlun-
gener, umständlicher Weg zum Bootshaus an der
Männerbadi. Wahrscheinlich wäre sie schneller zu
Fuß am See entlang gegangen. Vor allem jetzt im
Feierabendverkehr. Sie wendete und fädelte sich in
die stark befahrene Grabenstrasse ein. Von dort
folgte sie der verschlungenen Verkehrsführung
zum Bootshafen und fuhr den Alpenquai noch ein
Stück entlang bis zur *Männerbadi*. „Uff!" Stocker
schaute auf die Uhr. Eine Viertelstunde! Das hätte
ich zu Fuß wirklich schneller geschafft, dachte sie
genervt und stieg aus.
Das Bootshaus neben der kleinen Badestelle war
noch fast neu, das Holz kaum nachgedunkelt.
Nachdem es abgebrannt war, hatte man es vor ein

paar Jahren wieder aufgebaut. Stocker ging auch hier so weit wie möglich um das Gebäude herum. Durch Klopfen an verschiedenen Stellen machte sie sich bemerkbar. Es blieb still. Zuletzt klopfte sie noch einmal sehr heftig an die Holztüre. „Herr Frei! Sind Sie da drinnen?" Sie hielt ihr Ohr nah an die Türe und glaubte, ein Rascheln zu hören und dann ein leises „Hilfe."

Stocker alarmierte den Notdienst und ließ die beiden Bereitschaftspolizisten kommen, die ihre Runde am See machten. Sie öffneten die Türe gewaltsam und befreiten den Alten aus seinem Gefängnis. Dann übernahm der Rettungswagen, der mittlerweile eingetroffen war.

Währenddessen informierte Stocker ihren Kollegen Beat Iten und danach Frau Bürgler, die sich sofort auf den Weg ins Kantonsspital machen wollte.

Für heute reicht's mir, entschied Stocker und schielte neidisch auf die Badegäste, die es sich auf dem weichen Rasen der *Männerbadi* in der Sonne bequem gemacht hatten, ins Wasser hüpften oder Tischtennis spielten. Sie ging zum Kiosk, kaufte sich ein Bier und setzte sich auf eine Bank am Seeufer, wo sie so lange verweilte, bis die Sonne langsam im Westen über dem See unterging.

Kapitel 14

Aus dem Radio in der Küche drang ein Lied von „Züri West". Die Stocker stand im Schlafzimmer vor ihrem Kleiderschrank und überlegte. Heute brauch ich was Legeres, entschied sie. In den letzten Tagen hatte sie sich immer in ihr Kostüm gezwängt, aber heute war definitiv Schluss damit. Es sollte bis zu 30 Grad werden! Sie ging einige ihrer Sommerkleider durch. Die meisten wirkten schon etwas abgetragen oder unpassend. Ich müsste dringend mal wieder shoppen gehen, dachte sie frustriert. Schließlich wählte sie eine weite Bluse mit tropischem Muster und einen dunkelblauen Rock. Ein paar offene blaue Schuhe hatte sie, die einigermaßen passen sollten.

Duschen, anziehen, dezent schminken und noch einen zweiten Kaffee, dann schnappte sie ihre Handtasche und zusätzlich eine Strandtasche und machte sich auf den Weg ins Büro.

Wie immer war Beat Iten schon vor ihr da. Hauptmann Rogenmoser war bei einem Meeting in Luzern und Sylvia Odermatt stand am Kopierer.

„Wie hast du denn das wieder angestellt?", fragte Iten mit einem leicht neidischen Unterton.

„Was angestellt?"

„Na, dass du den Frei so schnell gefunden hast."

„Das war allein dein Verdienst, mein lieber Beat. Du hast mich ja damit beauftragt, Freis ehemaliges Arbeitsumfeld genauer unter die Lupe zu nehmen. Ich hab mir bei Frau Bürgler deshalb alte Fotoalben angeschaut."

„Ja, und?"

„Mir ist halt aufgefallen, dass der Frei als Bub viel mit seinem Vater am See war und beim Fischen geholfen hat. Es gab ein Foto mit einer Fischerhütte, das bei mir intuitiv eine Vermutung hat aufkommen lassen. Du weißt doch, dass Menschen im hohen Alter oft an ihre Jugendjahre zurückdenken. Wenn sie dann noch ein bisschen verwirrt sind, dann befinden sie sich geistig sogar manchmal in dieser Zeit. Dieser Vermutung bin ich dann nachgegangen und hatte einfach Glück. Das ist alles." Stocker ließ ihre Handtasche auf den Schreibtisch fallen und die Strandtasche unter demselben verschwinden.

„Er hatte auch verdammtes Glück", fand Iten. „Der Zuständige vom Fischereiverein meinte, er wäre erst in zwei Tagen wieder in die Hütte gegangen. Und Gott sei Dank hatte er kurz vorher noch nach dem Rechten gesehen und einige Flaschen Wasser dort deponiert. Dabei ist ihm wohl der Frei in den Raum geschlüpft und er hat einfach abgeschlossen, weil er ja für den Tag fertig war und niemand da drin vermutet hat."

„Saublöde Geschichte", ergänzte Stocker.

„Aber mit Happy End!", freute sich Iten.

„Außer, dass wir jetzt mit dem Protokoll Arbeit haben." Stocker hatte extra 'wir' gesagt. Sie hoffte, das Protokoll ganz auf Iten abwälzen zu können. Aber der war stur.

„Ich kann da wohl wenig beitragen", meinte er. „Ich helfe dir gerne beim Anfang, bei der Vermisstenmeldung und unseren ersten Versuchen, Frei zu finden. Den Rest musst du dann schon selber machen."

Stocker gab sich geschlagen. Er hatte ja recht, im Prinzip. Sie fuhr den Computer hoch und lud eine Protokollmaske. Sie war etwa zur Hälfte durch mit der Beschreibung der Abläufe, die zum Auffinden von Frei geführt hatten, und gerade dabei, in die Teeküche zu gehen, um einen Kaffee zu holen, als ihr Telefon klingelte. Es war Frau Bürgler.

„Guten Morgen, Oberleutnant Stocker. Ich hoffe, ich störe nicht. Ich wollte mich noch einmal bei Ihnen bedanken, dass Sie meinen Papi gefunden haben."

„Guten Morgen, Frau Bürgler. Danke, das ist nett. Wie geht es Ihrem Vater denn?"

„Erstaunlich gut. Hunger hatte er auf jeden Fall wie ein Wolf. Mit einem Seniorenteller brauchten wir ihm nicht zu kommen. Er ist noch im *Spital*. Ich hab ihm heute früh frische Kleider mitgebracht und die alten zum Waschen mitgenommen. Da ist mir ein Zettel aufgefallen, der in seiner Jackentasche steckte. Er muss ihn in diesen Tagen irgendwo aufgelesen haben. Ich dachte mir, vielleicht könnte er sie interessieren. Es ist ein Stück von einem ausgedruckten Email und der Absender ist Guido Wyss. Ich hab in der Zeitung gelesen, dass der Mann zwar verunglückt ist, vielleicht interessiert Sie das Stück Papier aber trotzdem? Na ja, ich dachte halt, ich melde es Ihnen lieber mal. Man weiß ja nie. Und jetzt, wo wir uns persönlich kennengelernt haben und ich Ihnen so dankbar bin, dass Sie meinen Papi so schnell gefunden haben, da musste ich einfach noch einmal mit Ihnen reden."

„Das haben Sie richtig überlegt, Frau Bürgler", bestätigte sie Stocker. Sie ließ sich ihre Aufregung nicht anmerken. „Hätten Sie denn Zeit, mir das Papier vorbeizubringen, oder soll ich es bei Ihnen abholen?"

„Nein, nein, das ist nicht nötig. Ich werde es Ihnen vorbeibringen, wenn ich später ins *Spital* fahre. Sind Sie so gegen Mittag im Amt? Aber was sag ich da? Sie müssen ja nicht persönlich da sein, wenn ich den Zettel abgebe."

„Es würde mich aber sehr freuen, wenn wir uns nochmal persönlich träfen, Frau Bürgler." Tabea Stocker hoffte, dass ihr Einwand nicht merkwürdig rüberkam. „Bis halb eins bin ich auf jeden Fall hier im Büro", fügte sie hinzu.

Stocker war froh, dass Beat Iten zum Mittagessen in die Kantine der nahen Kaufmännischen Berufsschule gegangen und Sylvia außer Hörweite war, als Frau Bürgler ihr den Zettel mit der Nachricht von Wyss vorbeibrachte. Die beiden unterhielten sich noch ein wenig und Stocker ging anschließend das Protokoll mit Frau Bürgler durch, um noch ein paar Details zu ergänzen, als Beat Iten wieder aus dem Mittag kam. Er begrüßte Frau Bürgler herzlich und nahm ihren Dank für das schnelle Auffinden ihres Vaters unbescheiden und ohne Einwände an. Stocker ließ das Email unter dem Protokoll verschwinden.

Pünktlich um fünf schnappte Tabea Stocker ihre Strandtasche und schloss ihre Handtasche in ihrem Schreibtisch ein. Schlüssel, *Natel*, Ausweis und zehn Franken hatte sie für alle Fälle in die Strandtasche umgepackt.
„So, für mich ist jetzt Feierabend", rief sie gut gelaunt. „Bin ja nicht umsonst nach Zug gekommen." Sie lachte Sylvia Odermatt und Beat Iten an. Beat wollte noch etwas entgegnen, aber sie hatte ihnen schon den Rücken gekehrt und war pfeifend aus dem Büro getänzelt.
Sie stellte ihr Velo an der hintersten Badestelle am Brüggli ab und suchte sich ein ruhiges Plätzchen im Schatten, was bei diesen Temperaturen und dieser Uhrzeit weiß Gott nicht einfach war. Im Bikini auf dem Bauch liegend nahm sie sich endlich das Email von Wyss vor, das sie heimlich mitgenommen hatte. Leider war der Teil mit dem Empfänger abgerissen. Der verstümmelte Text las sich

folgendermaßen:

... mir leid, dass ich in Bezug auf den Verkauf der Wiese machtlos bin. Die Mehrheitsverhältnisse haben sich geändert und mein Einfluss darauf ist gering. Alles hängt jetzt von der Entscheidung im Gemeinderat ab.

Grüsse
Guido Wyss

Ein Datum war noch am unteren Ende erkennbar: Einen Tag vor Guido Wyss' Unfall!

„*So en Seich*!", fluchte Stocker. Sie hatte sich mehr erhofft. Wie sollte sie jetzt den Empfänger herausfinden? No chance! Sie durfte ja nicht mehr ermitteln. Nachdem sie den Zettel zurück in ihre Tasche gesteckt hatte, ging sie zum See, wo sie sich vorsichtig tapsend über die glitschigen Treppen bis zur Hüfte ins Wasser wagte, um dann mit einem Sprung ganz einzutauchen.

Kapitel 15

Im repräsentativen Regierungsgebäude direkt am Seeufer war die Atmosphäre so angespannt wie kurz vor einem heftigen Gewitter.

„... eröffne ich hiermit die außerordentliche Sitzung des *Grossen Gemeinderats* mit dem einzigen Traktandum: Die *Schützenmattwiese*, das gemeindeeigene Grundstück am Zugersee, das entweder zum Verkauf ausgeschrieben werden oder in Gemeindeeigentum verbleiben soll. Wie Sie alle erfahren haben, liegt der Stadt Zug ein Angebot über die beachtliche Summe von zwanzig Millionen Schweizer Franken vor sowie ein damit einhergehender Projekt*beschrieb* für ein Wellness-Hotel. Die Details finden Sie in Ihren Unterlagen."

Der Gemeindepräsident war ein hagerer Mann um die sechzig mit einer Warze, die wie ein Insekt am oberen rechten Rand der Lippe hing und die beim Sprechen gefährlich wackelte, sodass man immer erwartete, dass sie plötzlich davonflog. Jetzt forderte er die Anwesenden auf: „In der heutigen Sitzung möchte ich zunächst um die Stellungnahmen der Fraktionsvorsitzenden bitten."

Nachdem die Meinungen der Parteien ausführlich begründet und mit ungewöhnlich vielen Zwischenrufen dargestellt worden waren, entbrannte eine unerbittliche Diskussion. Die Mehrheitsverhältnisse waren klar auf Seiten derer, die die *Wiese* verkaufen wollten. Die Argumente waren nachvollziehbar und schienen vernünftig. Schließlich konnte man mit dem Geld viel Gutes für die sozial Schwachen und die Umwelt tun. Beides Bereiche, die die Stadt teuer zu stehen kamen und für die sie dringend mehr Mittel benötigte. Das Budget sah längst nicht mehr so gut aus wie noch vor ein paar Jahren. Ja, man müsste ansonsten mit Kürzungen in diesen Bereichen rechnen. Die Gegenseite wiederum argumentierte mit Nachdruck, dass gerade im Bereich Umwelt der Erhalt der *Wiese* ein Riesenbeitrag wäre, weil sie einerseits die Luftzufuhr in die Stadt gewährleiste und andererseits eine wertvolle unversiegelte Fläche darstelle. So würde die Stadt weiterhin auf natürliche Weise gekühlt und man müsste kein Geld und nicht noch mehr Strom für künstliche Kühlsysteme aufbringen. Außerdem würde die *Wiese* gerade von sozial Schwächeren gerne genutzt, um stadtnah zu picknicken oder Sport zu treiben. Wo gäbe es denn noch Parks und Erholungsflächen in Zug? Was wolle man denn mit dem Geld für die ärmere Bevölkerung tun? Mit Geld könne man eben nicht alles regeln.

Auch nach gut zwei Stunden blieben die Räte stur wie Emmentaler *Munis* und man kam zu dem Schluss, dass es zunächst eine vorläufige Abstimmung geben sollte, um das Meinungsbild festzuhalten. Die Gemeinderäte sollten noch einmal in

Ruhe mit ihren Parteikollegen beraten und in einem Monat werde endgültig über die *Schützenmattwiese* entschieden. Falls es weiterhin bei einem Ja für den Verkauf bliebe, müsse man eine ordentliche Ausschreibung vornehmen, um mögliche weitere Angebote einzuholen. Bei all dem müsse man auch bedenken, dass es noch zu einem Referendum gegen den Verkauf kommen könnte.

Laut diskutierend löste sich die Versammlung langsam auf und selbst auf dem Vorplatz blieben immer noch kleine Gruppen stehen und man redete heftig aufeinander ein.

„Was hat dich denn dazu bewegt, deine Meinung zu ändern, Tanner?", fragte Theo Landtwing den Vertreter der SVP verärgert.

„Gute Argumente und ein guter Preis," antwortete der mit einem provokanten Grinsen.

„Ah ja, und dass die Russen sich hier immer breiter machen, stört dich und deine Parteikollegen nicht mehr?"

„Reg dich ab, Theo. Wir werden verhandeln. Der Russe mag Investor sein, aber die Leute, die dort arbeiten werden, sind unsere Leute. Vergiss das nicht. Arbeitsplätze in den Bereichen werden gerade von den sozial Schwächeren dringend benötigt, die ihr ja so unbedingt unterstützen wollt."

„Noch ist ja nicht aller Tage Abend", drohte Landtwing wütend und wandte sich zum Gehen.

Die Journalisten freuten sich über die Heftigkeit

der Auseinandersetzung und die Pressefotografen machten fleißig Fotos. Am nächsten Tag stand die Sache in mehreren Zeitungen und es gab Titel wie: *Tumult im ehrwürdigen Regierungsgebäude, Zuger Grosser Gemeinderat konnte sich nicht zum 'Einig, einig, einig' durchringen, Unschweizerische Rangeleien um die Schützenmattwiese* oder *Verkauft die Stadt Zug ihr Tafelsilber an Russen?* Tabea Stocker saß an ihrem Schreibtisch und studierte zu ihrem *Znüni* die Zuger Zeitung. Sie tunkte ihr *Gipfeli* in den Kaffee und beugte ihren Kopf über den Bericht von der Aufsehen erregende Sitzung des *Grossen Gemeinderats,* um das beigefügte Foto besser sehen zu können. Das ist doch der Theo, stellte sie fest. Ganz schön in Fahrt, der Junge. Theo war mit drohender Miene abgebildet, wie er gerade mit dem Finger auf den SVP-Vertreter deutete und irgendetwas zu sagen schien. Stocker musste grinsen.

„Und, was meinst du dazu?" Rogenmoser war hinter sie getreten.

„In Zürich haben wir schon lange solche Tendenzen. Jetzt scheint das Interesse der Russen an Seegrundstücken auch auf Zug überzuschwappen."

Rogenmoser nickte. „Aber wie der Landtwing hier zitiert wird: Es ist ja noch nicht aller Tage Abend. Schließlich hat der Gemeinderat es in der Hand und nicht der Landtwing."

„Zwanzig Millionen in der Hand. Da sag erst einmal einer Nein."

„Ja, man muss sagen, dieser Ostrowsky ist ein

ganz schön aggressiver Bieter. Der will die *Wiese* wohl ums Verrecken."

„Der Ostrowsky?", fragte Tabea Stocker erstaunt. „Oleg Ostrowsky? Der Besitzer des Casinos in Zürich?"

„Du scheinst dich ja gut in dieser Szene auszukennen", grinste sie Rogenmoser an.

„Nicht nur ich, Chef", erwiderte sie. „Ich bin im Fall Wyss über den Ostrowsky gestolpert. Der Wyss war wohl Stammgast bei ihm in Zürich."

„Nein! Nicht schon wieder, Tabea. Das mag ja sein, aber es hat nichts mit seinem Unfall zu tun. Du siehst da immer noch Gespenster!"

„Und wo wir gerade dabei sind, Nikolas. Gestern hat mir Frau Bürgler einen Fetzen von einem Email, das Guido Wyss geschrieben hat, vorbeigebracht. Sie hat es in der Jackentasche ihres Vaters gefunden. Es ist ein Tag vor seinem Unfall geschrieben worden und besagt, dass er im Fall irgendeiner Wiese nichts mehr tun könne. Der Gemeinderat müsste jetzt entscheiden. Das könnte doch ein Hinweis sein. Wollen wir dem nachgehen?"

„Wo ist das Papier?"

„Es liegt in der Akte Frei."

„Da liegt es richtig. Was du schon wieder aus irgendwelchen verstümmelten Emails herausliest. Wenn das alles ist, was da steht, dann wäre es auf keinen Fall ein Beleg dafür, dass Guido ermordet wurde."

„Aber jemand muss es ausgedruckt und mit an den See genommen haben. Warum? Und warum ist es zerrissen? Wir könnten doch zumindest auf dem Computer von Wyss nachsehen, an wen das Mail gegangen ist."

"Ich sag doch, das bringt nichts. Nichts außer Aufregung, Zweifel, Gerede. Es gibt keinerlei Verdacht auf ein Delikt an Leib und Leben. Ein Unfall, Tabea! Es war ein Unfall! Jetzt kapier's einfach mal!"

Stocker schaute finster und schob den letzten Bissen ihres *Gipfelis* in den Mund. So konnte sie es vermeiden, auf die Äußerung Rogenmosers einzugehen. Tja, es ist noch nicht aller Tage Abend, dachte sie insgeheim.

Ausgestreckt auf ihrem gelben Sofa, in der einen Hand ein Stück selbstgekaufter Pizza, in der anderen Hand die Fernbedienung, zappte sich Stocker durch die Fernsehprogramme. Es sah wie üblich nicht vielversprechend aus. Enttäuscht schaltete sie das Gerät aus, legte die Fernbedienung auf das Couchtischchen und nahm stattdessen die Stange *Goldmandli*, die dort verführerisch auf ihren Durst wartete. Das kann es doch wohl nicht gewesen sein, dachte sie. Nach einem stressfreien Arbeitstag allein zuhause hocken mit Pizza und Bier. Ich will doch nicht zum Couchpotato mutieren. Sie griff zum Telefon und rief Vivianne Betschart an. Es meldete sich ihre *Combox*. „Na toll", sagte sie laut vor sich hin. Im Kopf ging sie die möglichen Bars durch, die Vivianne ihr einmal genannt hatte. Die meisten waren nichts für sie. Alleine schon gar nicht. Aber das Chicago klang interessant. Ja, das wär eine gute Idee, entschied sie. In Ruhe beendete sie ihr Abendessen und brezelte sich dann auf.

Als sie mit ihrem Velo auf die Straße trat, hatte sie das Gefühl, jemand wäre schnell hinter eine Hecke getreten. „So what!", sagte sie leise, um ihre Alarmiertheit zu zügeln. Schließlich war es noch hell. Es hätte ein Kind sein können, das sich einen Scherz erlaubte, anstatt daheim zu sein, wo es um diese Zeit hingehörte. Tabea stieg auf ihr Velo und radelte los. Weit war es ja nicht. Von der Gartenstadt bog sie in die Nordstrasse Richtung Kaufmännische Bildungszentrum ab, um dann links Richtung Bahnhof zu fahren. Kurz vor der Baarerstrasse gab es eine Nebenstrasse, ideal für Velofahrer, die direkt zum Chicago führte. Sie schloss ihr Velo an ein Stahlgeländer an und betrat den Club durch das holzgetäfelte Entree. Die Bar, hinter der sich jede Menge Alkoholisches präsentierte, war beeindruckend, die Art-déco-Leuchten verwirrten jedoch etwas. Was hatte das mit einem Folk-Blues-Schuppen zu tun? Die Musik war akzeptabel: Rhythmischer Blues. Es war noch nicht sehr voll. Stocker setzte sich an die Bar und bestellte eine Bloody Mary. Der Barmann lächelte freundlich und lobte sie: "Gute Wahl!" Okay, überlegte Stocker. Ob man die anderen Getränke dann besser nicht probieren sollte? Sie drehte sich auf ihrem Barhocker ein wenig um, so dass sie den Raum schauen konnte. An einigen der kleinen Tischchen saßen ein paar Leute, meistens Männer. Drei schwer Tätowierte in Lederklamotten lachten plötzlich lauf auf. Die schienen es ja lustig zu haben. Am Tresen gab es noch zwei Frauen mittleren Alters, die sich unterhielten.

„Neu hier? Ich hab dich zumindest noch nie hier gesehen." Der Barmann schien dafür sorgen zu wollen, dass sie sich wohl fühlte und wiederkommen würde.

„Es ist mein erstes Mal", raunte Stocker betont zweideutig über den Tresen. Zu viel mehr kam es nicht, denn eine Gruppe von jungen Männern stürmte laut lachend und redend herein und drängte sich an die Bar. Ein paar von ihnen musterten sie, verwarfen aber offensichtlich die Absicht, sie anzusprechen. Zu alt. Tabea Stocker hatte ihren Cocktail schon fast zu Ende getrunken und überlegte, ob sie nicht besser gehen sollte, als ein neuer Gast von hinten auf sie zukam.

„*Hoi*, Tabea. Das ist ja eine Überraschung." Es war Theo Landtwing.

„*Hoi*, Theo. Ja voll!" Tabea rutschte erfreut von ihrem Barhocker herunter und sie gaben sich die drei obligatorischen *Wangenküssli*.

„Was macht denn eine so schöne Frau wie du in einer solchen Spelunke wie dieser?" Theo zwinkerte ihr zu. „Den Spruch hab ich mal von einem Engländer abgeschaut. Jetzt kann ich ihn endlich mal anwenden." Theo lachte. „Aber ich muss zugeben, auf Englisch hört er sich besser an." Er setzte sich auf den Barhocker neben Tabea.

„Was trinkst du? Darf ich dich zu einem Cocktail einladen." Er hatte ihr fast leeres Glas gesehen.

„Warum nicht? Wie heißt es so schön? Auf einem Bein steht es sich schlecht. Eine Bloody Mary, bitte."

Landtwing bestellte sich einen Whisky und für Stocker den Cocktail.

„Du warst ja heute in der Zeitung. Beeindruckend! Hab fast Angst gekriegt vor dir." Tabea lachte. „Nein, im Ernst. Es muss eine heftige Debatte gewesen sein, oder?"

„Was glaubst du, warum ich Whisky trinke? Das geht mir so auf den Senkel. Immer nur Geld, Geld, Geld. Und es sah ja eigentlich so aus, als ob wir Verkaufsgegner in der Mehrheit wären. Ich weiß auch nicht, was passiert ist. Seit Guidos Tod hat sich offensichtlich einiges geändert."

„Wieso meinst du, das hat mit dem Tod von Wyss zu tun?"

„Wir waren immer im Austausch was die *Schützenmattwiese* betraf. Er war auf meiner, oder besser auf unserer, Seite. Das Letzte, was ich von ihm gehört habe, war, dass es gut aussieht für eine Mehrheit im Gemeinderat. Und jetzt plötzlich das. Ich kann es echt nicht verstehen." Theo nahm einen kräftigen Schluck aus seinem Glas.

„Das ist in der Tat merkwürdig. Was könnte denn dahinterstecken?", wollte Stocker wissen.

„Mir fällt dazu immer nur Oleg Ostrowsky ein. Dieser Bastard hatte den Guido doch voll im Sack. Spielschulden bis oben hinaus. Wenn der nicht spurt, dann *guet Nacht am Sächsi*." Landtwing fuhr sich mit der flachen Hand auf der Höhe seiner Kehle von rechts nach links.

„Aber es gibt doch gar keine Indizien, dass es sich um einen Mord gehandelt hat."

„Der Guido war ein super Segler. Auch wenn es keine Indizien gibt. Ich kann mir nicht vorstellen, dass der einfach so über Bord geht."

Er ist ja auch nicht einfach so über Bord gegangen, dachte sich Stocker bei sich, sie wollte aber keine weiteren Kommentare dazu abgeben. Theos Zweifel stützten ihre Bedenken, den Fall so ohne weiteres als Unfall zu den Akten zu legen.

„Hast du denn irgendwelche Hinweise, die in Richtung Ostrowsky zielen?"

Theo schüttelte den Kopf. „Nein, nicht wirklich. Aber vielleicht sollte man sein Verhältnis zu Wyss und sein Alibi mal genauer unter die Lupe nehmen." Er bestellte sich einen weiteren Whisky und drehte sich dann wieder zu Stocker. Sein Blick schien zu sagen, ja, macht mal euren Job. Stattdessen sagte er: "Sorry. Ich will dir nicht deine Arbeit erklären und überhaupt will ich dir auch nicht deinen Feierabend mit meinen Sorgen verderben.

Lass uns von was anderem reden. Wie gefällt dir das Chicago?"

„Du verdirbst mir gar nichts, Theo. Es ist interessant, was du sagst. Die Bar ist cool. Aber wenn du nicht gekommen wärst, dann hätte ich wahrscheinlich bald wieder einen Abflug gemacht."

„Das kann ich verstehen", meinte Landtwing und schaute sie betont übertrieben anmachend an. „Die Bar mag cool sein, aber so coole Männer wie mich seh ich hier nicht so viele."

„Angeber", lachte die Stocker.

Landtwing fuhr mit der Hand über Tabeas Wange und schaute ihr in die Augen. „Ich mag dich. Und du bist die coolste Frau, die ich seit langem getroffen habe."

„Schleimer", sagte sie in einem wesentlich sanfteren Ton. Grund dafür muss wohl das Prickeln gewesen sein, dass sich schlagartig in ihrem Körper ausbreitete und an manchen Stellen erheblich zuspitzte. Nach zwei weiteren Drinks entschieden sie, das Lokal zu verlassen und gemeinsam den Heimweg anzutreten. Schließlich wohnte Theo Landtwing nur durch eine Sportplatzanlage getrennt in Stockers Nachbarschaft. Die beiden waren bereits so angeheitert, dass die Stocker etwas ganz Unprofessionelles tat: Sie fuhr mit ihrem Velo. Auch der Theo war mit dem Velo da und ließ sich nicht davon abhalten, betrunken nach Hause zu eiern. Gott sei Dank kannte er sich mit Schleichwegen aus und so erreichten die beiden unbehelligt, aber schuldbewusst kichernd Stockers Wohnung. Menschlich verständlich, aber vielleicht auch wieder ein wenig unprofessionell lud sie Landtwing zu sich ein. „*Wie wär's no mit eme Bierli? Ich müesst no zwei im Kühlschrank ha.*"

Landtwing sah sie mit gläsernem Blick an und nickte. „Super Idee!"

Kapitel 16

Ich muss die Jalousien runterlassen! Es ist so verdammt hell hier. So kann ich nicht arbeiten,
dachte Tabea Stocker, als sie an ihrem eigentlich
arbeitsfreien Samstag in ihrem Büro saß
Wer feiern kann, der kann auch arbeiten. Auch
wenn's schwer fällt. Das war ihr Motto und ihre
Motivation, den freien Samstag für die Recherche
zum Thema Wirtschaftskriminalität zu nutzen.
Stocker nahm sich die Unterlagen vor, die ihr
Hauptmann Rogenmoser auf den Schreibtisch
gelegt hatte, und begann, sich mit den neuen Be-
stimmungen in Bezug auf Wirtschaftsdelikte ver-
traut zu machen. Nachdem sie den ersten Satz bereits dreimal gelesen hatte, ohne dessen Inhalt aufzunehmen, kapitulierte sie erst einmal. Sie schob
die Unterlagen auf die Seite und ging in die Teeküche, um sich den dritten Kaffee zu holen. Dop-
pelter Espresso. Während sie an ihrem heißen
Wachmacher nippte, fiel ihr Blick auf den Besprechungsraum. Hmm, das wär doch *äs guets Plätzli*,
kam es ihr wie eine Erleuchtung in den Sinn. Sie
packte die Unterlagen auf ihrem Schreibtisch zusammen und zog sich, damit ausgestattet, in den
kühlen, dunklen Raum zurück. Gut, dass sonst
keiner da war, räsonierte sie. Sie legte ihre Arme
auf den Tisch und ihren Kopf auf die Arme. Er
brummte mächtig. Das nächste Mal keine Cock-

tails!, gebot sie sich selbst. Dann musste sie wieder an Theo denken. Es war schön gewesen mit ihm. Zärtlich und doch bestimmend. Verträumt schloss sie die Augen. Und dann sein schöner Körper. Muskulös, aber auch feingliedrig. Nicht so ein Walross wie manch einer. Sie passten gut zusammen, fand Stocker und lächelte vor sich hin. Dann fiel ihr wieder ein, was Theo ihr über Ostrowsky und Wyss gesagt hatte und sie überlegte, ob sie nicht doch noch ein wenig nachforschen sollte. Leider war es ihr ja untersagt, offiziell Kontodaten oder Handyverbindungen und solche Sachen abzufragen. Wenn sie etwas herausfinden wollte, müsste sie in alter Manier mit Köpfchen und Charme vorgehen. Aber im Moment fiel ihr wirklich gar nichts ein. Also vertiefte sie sich so gut es eben ging in die Lektüre, die ihr Rogenmoser auferlegt hatte. Gegen Mittag klingelte ihr *Natel*. Es war Vivianne.

„*Hoi*, Tabea. Hättest du Lust, mit mir ins Strandbad zu gehen? Mathias ist zum Wandern mit einem Kollegen und ich hätte Lust zu schwimmen und zu chillen. Es ist so herrliches Wetter heute."

„*Hoi*, Vivianne. Tolle Idee, aber das Strandbad ist heute echt nichts für mich. Zu hell, zu heiß. Das *Brandenberg* wär heut das Richtige. Ein kühles Bier unter schattigen Kastanien."

„Was ist denn mit dir los? Du bist doch sonst so eine Sonnenanbeterin. Einen über den Durst getrunken gestern Nacht?"

„Mhm", bestätigte Stocker.

„Na, dann halt erst einmal *Brandenberg*. Ich werd uns vorsichtshalber einen Tisch reservieren. So um zwölf Uhr? Dann geh ich halt später schwimmen."

„Mhm." Die Stocker tippte auf den roten Punkt auf dem Display ihres *Natel*s.

Vivianne war noch nicht eingetroffen, als Tabea Stocker in den Kastaniengarten des Restaurants *Brandenberg* trat. Sie schaute sich nach der Bedienung um. Ein junger Mann trug im hinteren Teil des Gartens gerade ein Tablett voller Biergläser an einen Tisch mit jungen Männern in Funktionskleidung. Es war ein anderer, als der, der sie letztes Mal so angeschmachtet hatte. Stocker war erleichtert und winkte ihm zu, als er wieder auf dem Rückweg in die Gaststube war.

„Haben Sie reserviert?", fragte er sie, als er neben ihr stand.

„Jawohl. Auf den Namen Betschart. Zwei Personen."

Der Kellner begleitete sie zu einem Zweiertisch und Tabea bestellte noch schnell eine *Stange* Helles, bevor er wieder verschwand.

„Wohl bekomm's!", begrüßte sie Vivianne. „Du lebst wohl auch nach dem Grundsatz, dass man den Kater am besten mit Alkohol bekämpft, was Tabea?" Vivianne schüttelte ungläubig den Kopf.

„*Mol*, es wirkt!", verteidigte sich Stocker.

Vivianne setzte sich und bestellte ein Rivella.

„Hast du schon was zu essen ausgesucht?"

„Ich glaub, ich nehme die *Fischknusperli* mit Salat."
Vivianne studierte noch die Karte.

„Ich hab gar nicht so Hunger bei der Hitze. Der Gazpacho hört sich genau richtig an und ein wenig Brot dazu." Sie legte die Speisekarte auf den Tisch.

„Was hast du denn gestern Abend gemacht, dass du so einen Brummschädel hast?"

„Ich hab mal einen deiner Tipps ausprobiert und bin ins Chicago gegangen. Ich wollte nach einer Bloody Mary auch wieder heim, aber da kam doch tatsächlich der Theo Landtwing rein und wir haben uns prächtig unterhalten." Tabea Stocker zwinkerte Vivianne zu.

„Und danach?"

„Das musst du nicht wissen", grinste Stocker.

„Aber was du wissen solltest ..." In diesem Moment trat der Kellner an den Tisch und nahm die Bestellung auf.

„Was sollte ich wissen?", fragte Betschart, als der Kellner wieder gegangen war.

„Der Theo traut dem Ostrowsky auch nicht über den Weg. Er glaubt nicht an einen Unfall und findet, man sollte sich den Ostrowsky doch noch genauer anschauen. Angeblich hätte der Wyss Spielschulden in astronomischer Höhe bei Ostrowsky gehabt. Und jetzt sein Angebot für den Kauf der *Schützenmattwiese*, für deren Verkauf sich der Gemeinderat plötzlich mehrheitlich ausspricht. Der Ostrowsky könnte vielleicht schon ein Motiv gehabt haben, den Wyss umzubringen."

„Also Tabea, wirklich! Es gibt doch keinerlei Hinweise. Das hatten wir doch jetzt schon mehrere Male. Obwohl: Das mit den Spielschulden wirft schon ein schlechtes Bild auf diesen Casinobesitzer."

„Ich möchte auf jeden Fall noch einmal ins Casino. Ich spür, dass ich da auf irgendetwas stoße, was uns weiterbringt."

„Du verrennst dich da in etwas."

„Vielleicht hast du recht. Du könntest aber auch mitkommen und dir selbst ein Bild machen. Dann hätte ich quasi eine unvoreingenommene Zeugin, die mich im Zweifelsfall davon abhalten kann, Schlussfolgerungen zu ziehen, die mehr meiner Fantasie gerecht werden als der Realität. Was hältst du davon?" Tabea schaute ihre Kollegin erwartungsvoll an. Die schien nicht erfreut.

„Lass uns erst einmal etwas essen. Ich muss mir das gut überlegen." Mittlerweile hatte der Kellner die Speisen gebracht und die beiden legten auch gleich los, dieselben zu vertilgen.

„Magst eins von meinen *Fischknusperli*?", fragte Tabea Stocker und hielt Vivianne Betschart verführerisch eins vor die Nase. Diese ließ sich nicht lange bitten, nahm es und schob es in den Mund.

„Ja, okay. Ich komme mit," sagte sie, nachdem sie das in Bierteig frittierte Fischstück genüsslich ver-

144

speist hatte.

„Nicht, dass ich mich normalerweise mit *Fisch-knusperli* korrumpieren lasse. Bilde dir da bloß nichts ein. Aber ich halte es auch für besser, wenn jemand ein Auge auf dich hat."

Bingo, dachte die Stocker, sagte aber: „Danke. Du bist so gut zu mir." Dabei grinste sie Vivianne schelmisch an. Sie verabredeten sich für den kommenden Freitagabend, sie wollten sich kurz vor neun am Bahnhof treffen.

Kapitel 17

Die Tage der folgenden Woche zogen sich zäh-
flüssig dahin, begleitet von einer bleierner Hitze,
die das Arbeiten fast unmöglich machte. Entsprechend langsam und mühsam quälte sich Tabea
Stocker durch die Informationsunterlagen über
die neuen Richtlinien zur Bekämpfung der Geldwäsche und gab sogar den Bericht über den Tod
von Guido Wyss bei Rogenmoser ab. Unwillig
zwar. Und mit vielen Bedenken, wie sie ihrem
Chef zu verstehen gab. Frau Wyss jedoch war
dankbar, sie konnte nun die Beerdigung in die
Wege leiten.

Freitagnachmittag waren dann endlich ein paar
Quellwolken aufgekommen und man ahnte schon
mit großer Erleichterung, dass die Hitzewelle bre-
chen würde. Wie verabredet, trafen sich Tabea
Stocker und Vivianne Betschart abends am Bahnhof Zug und kamen pünktlich um 21.24 Uhr im
Zürcher Hauptbahnhof an. Es hatte noch nicht
zu regnen begonnen und sie wollten den Weg zum
Casino zu Fuß zurücklegen. Diesmal wollte sich
Tabea keine blöden Bemerkungen über ihr Äuße-
res einfangen, sie trug deshalb einen dezenten bei-
gen Leinenanzug und eine schwarze Bluse. Ihr
Haar hatte sie locker hochgesteckt. Vivianne kam
in einem rosa Sommerkleid, was ihr super gut

stand, wie Tabea meinte.

Sollte es später doch noch regnen, würden sie ein Taxi nehmen.

„Ich war noch nie in einem Casino", gestand ihr Betschart. „Hoffentlich benehme ich mich nicht vollkommen daneben."

Stocker lachte. „Das macht dann auch nichts. Dann wird man wenigstens auf uns aufmerksam und vielleicht kommen wir dann leichter in Kontakt mit Ostrowsky."

„Ja, wenn der überhaupt da ist heute", zweifelte Vivianne.

„Jetzt mach dich mal locker. Wir lassen es einfach auf uns zukommen und haben ein wenig Spaß. Ich warne dich nur: Hör immer rechtzeitig auf mit Setzen, bevor du plötzlich nicht mehr zahlen kannst."

Jetzt lachte Betschart. „Da kannst du Gift drauf nehmen. Ich versenk mein hart erarbeitetes Geld doch nicht in so einer Räuberhöhle."

Mittlerweile waren sie beim Casino angekommen.

„Na dann. Lass uns loslegen!"

Tabea machte zuerst einen Rundgang mit Vivianne, damit diese sich entscheiden konnte, wo sie mitspielen wollte, aber auch um zu sehen, ob Ostrowsky irgendwo auftauchte. Dann bestellten sie sich zwei Gin Tonic an der Bar und teilten sich auf. Stocker ging wieder zu den Pokertischen und Vivianne zum Roulettetisch. Bisher hatten sie

Ostrowsky nirgendwo erblickt. Nach etwa einer Stunde wollten sie sich wieder an der Bar treffen. Tabea Stocker hielt ganz gut mit beim Pokern und gewann sogar ein Spiel, obwohl sie nie ganz bei der Sache war, weil sie sich ständig umsah, wenn neue Gäste in den Raum traten. Einer erregte ihre Neugier. Ein etwas schmächtiger Typ, nicht so elegant gekleidet wie die meisten Besucher und mit einem Blick, der einen schaudern ließ Stocker kannte solche Typen von der Straße Sie waren skrupellos, brutal. Meistens Underdogs, nur selten Bosse. Oft kamen sie aus Ländern, in denen irgendein gnadenloser Krieg herrschte oder geherrscht hatte. Oder aus der Mafiaszene. Dieser hier wirkte jedoch eher slawisch. Vor lauter Beobachten hatte sie vergessen zu sagen, dass sie aus dem gerade laufenden Spiel aussteigen wolle, und jetzt wo die Karten gezeigt wurden, hatte sie das beste Blatt. „Ja so was! Das gibt's ja nicht!", sagte sie erfreut und sammelte die Chips in der Tischmitte ein.

„Ich will ja nicht kneifen, aber leider muss ich mich gerade mal ausklinken. Entschuldigen Sie, meine Herren." Der Gesichtsausdruck ihrer Mitspieler variierte zwischen verärgert und enttäuscht. Vivianne stand schon an der Bar, als sie zur verabredeten Zeit eintraf.

„Und, wie war's?", fragte sie ihre Kollegin.

Betschart schaute sie etwas gequält an.

„Hast du mir noch ein paar Franken?"

148

Stocker schüttelte ungläubig den Kopf.

„Vivianne, Vivianne. Ich hab dich doch gewarnt. Aber weil du's bist und weil ich eben gewonnen habe, geb ich erst mal einen aus und dann kriegst du noch hundert Franken. Ich erwarte allerdings, dass du mehr draus machst und mir vom Gewinn die Hälfte abgibst."

„Du bist ja ganz schön verschlagen. Das hätte ich nicht von dir gedacht."

„Tja, Spiel ist Spiel und Schnaps ist Schnaps," fand Stocker und bestellte noch zwei Gin Tonic.

„Hast du Ostrowsky irgendwo gesichtet?", wollte sie von Betschart wissen.

„Nein, sorry. Und du offensichtlich auch nicht, oder?"

„Nein, leider nicht. Stattdessen ist mir eben so ein kleiner Mafiosi aufgefallen. Der sah mir nicht danach aus, als wäre er zum Spielen hier."

„So ein kleiner dunkelhaariger Typ?" Stocker nickte.

„Ja, der ist mir auch aufgefallen", bestätigte Vivianne. „Der ist hier herumgeschlichen. Ich hatte sogar den Eindruck, dass der mich speziell beobachtet hat."

„So, wie du heute Abend aussiehst, wird das nicht der Einzige gewesen sein, der dich speziell beobachtet hat."

„Jetzt hör aber auf, Tabea. Ich merk schon, ob ich jemandem gefalle oder ob mich jemand misstrauisch beobachtet."

„Also gut", gab Stocker grinsend nach, „und wie geht's weiter? Soll ich dich beim Roulette unterstützen oder sollen wir noch ein bisschen herumspionieren?"

„Ganz bestimmt werde ich nicht in Räume gehen, die nicht für Besucher gedacht sind, wenn du so was meinst."

„Wir können ja mit unseren Drinks ein wenig flanieren und danach gehen wir gemeinsam zum Roulettetisch." Damit war Vivianne einverstanden.

„Lass uns doch noch einmal nach unten in den Eingangsbereich gehen."

„Wieso denn das?" Vivianne wurde nicht schlau aus ihrer Kollegin.

„Wirst schon sehen", kam es lakonisch zurück.

Sie fuhren die Rolltreppen nach unten, spazierten im Entree hin und her und unterhielten sich, dann führte Tabea ihre Kollegin zum Schalter, um Chips fürs Roulette zu kaufen. Schließlich fuhren sie wieder hoch. Vor der Bar, wo sie ihre leeren Gläser abgeben wollten, fragte Betschart: „Und? Was war das jetzt?"

„Ist dir denn nicht aufgefallen, dass der kleine Terrier dauernd in unserer Nähe war?"

„Wie jetzt? Ich hab gar nichts gemerkt."

„Es ist doch alles verspiegelt im Eingangsbereich und an der Rolltreppe. Der Kerl hat sich ja immer gut versteckt, aber im Spiegel habe ich ihn trotzdem gesehen. Es ist eindeutig: Ostrowsky lässt uns beobachten. Willst du noch was trinken?"

150

„Ein Mineral." Tabea schaute ihre Kollegin ungläubig an, bestellte aber das Wasser und sich selbst noch einen Gin Tonic. Damit marschierten sie zum Roulettetisch. Vivianne setzte sich auf einen frei gewordenen Stuhl und Tabea blieb hinter ihr stehen. „Leg erst einmal nur einen Chip auf Rot." Vivianne tat, wir ihr geraten wurde. Während die Kugel rollte, scannte Stocker kurz die Umgebung. Der Roulettetisch stand in einem regelrechten Saal. Auch hier war der Boden mit dem weichen blauen Teppich ausgelegt, die Wände waren in cremefarbene Tapeten mit Goldmuster eingekleidet, dazwischen immer wieder ein Spiegel oder eine goldene Wandleuchte. Ein üppiger Kronleuchter hing in der Raummitte, die Möbel waren dagegen relativ modern, die Stühle mit königsblauem Samt bezogen.

„Rot, Tabea! Rot!" Vivianne schaute aufgeregt zu ihr hoch.

„Weiter so", meinte diese unbeeindruckt.

„Nochmal Rot?"

„Mhm."

Und während wieder alle ihre Chips auf dem großen Feld verteilten und die Kugel eingeworfen wurde, fiel Tabea Stocker ein Schatten in einem der Spiegel auf. Jemand musste auf der anderen Seite vorbeigegangen sein. Sie drehte den Kopf in die Richtung und sah, wie Ostrowsky durch eine weiter entfernte Tür den Saal betrat. Er blieb kurz stehen, blickte sich im Raum um und sein Blick schien dann wie zufällig bei Tabea hängen zu bleiben. Sie winkte ihm zu. Er ging zu ihr hinüber.

„Tabea, schau! Schon wieder gewonnen!" Aufgeregt blickte Vivianne hinter sich.

„Jetzt setzt du mal einen Chip auf Schwarz und einen auf Impair, okay?" Eigentlich wäre Vivianne lieber aufgestanden und hätte sich in das Gespräch mit Ostrowsky eingeklinkt, aber sie wollte ihrer Kollegin nicht in die Parade fahren und tat, wie ihr befohlen wurde.

„Lernen Sie jetzt schon andere an, meine Casinokasse zu plündern?", Ostrowsky lachte.

„Auf jeden Fall freue ich mich, Sie so rasch wiederzusehen. Wie war nochmal Ihr Name. Tut mir sehr leid, aber ich habe Sie als Pokerlady abgespeichert. Es fällt mir schwer, Namen zu behalten."

„Tabea Stocker. Aber Ihren Namen vergisst man nicht so schnell. Vor allem, wenn man sich für den Zuger Gemeinderat und seine Entscheidungen interessiert." Stocker zwinkerte ihm zu.

„Oh, ja. Die Gemeinderatsversammlung. Ich hoffe, die Zuger können sich bald dazu durchringen, mir die *Wiese* zu verkaufen. Sie würden ordentlich davon profitieren, glauben Sie mir."

„Hatten Sie wegen der *Wiese* Kontakt zu Wyss?"

„Ja. Genau. Ach, der arme Mann! Vielleicht wäre er noch am Leben, wenn ich etwas drängender gewesen wäre. Der Gedanke macht mich richtig fertig."

„Wieso meinen Sie?"

152

„Ich habe an dem Tag noch mit ihm telefoniert und ihn eingeladen mit nach Hirzel zu einem kleinen Golfturnier unter Freunden zu kommen, aber er sagte ab. Er hätte noch einen anderen Termin. Den könne er doch absagen, meinte ich noch, aber er war nicht umzustimmen. Und jetzt denke ich dauernd, ich hätte ihn noch mehr bedrängen sollen. Oder sagt man hier in der Schweiz eher motivieren? Schlimm. Es ist wirklich schlimm."

„Ich hoffe, ich störe nicht, aber mir ist das Roulettespiel verleidet." Vivianne war an die beiden herangetreten. Schließlich war sie extra mitgekommen, um Zeugin einer möglichen Unterhaltung mit Ostrowsky zu sein und nicht, um beim Roulette zu verlieren.

„Das ist Vivianne Betschart, eine Kollegin", stellte Tabea sie vor.

„Ostrowsky, Oleg Ostrowsky. Sehr erfreut. Sie sehen beide außerdem reizend aus."

„Danke", erwiderte Vivianne.

„Aber ich wollte euer Gespräch nicht stören."

„Das tun sie gar nicht. Wir sprachen gerade über Guido Wyss. Kommen Sie auch aus Zug?"

Vivianne nickte. „Sagten Sie eben, er hätte noch einen anderen Termin gehabt?"

„Ja, eben. Und ich fühle mich jetzt mitschuldig, weil ich ihn nicht überreden konnte, zum Golfturnier mitzukommen."

„Wissen Sie, mit wem er den Termin hatte?"

„Oh, oh! Das klingt ja wie ein Verhör. Vielleicht

sollte ich besser mal fragen, wo Sie arbeiten."
Ostrowsky lachte und zwinkerte ihnen zu.

„Nein. Natürlich weiß ich das nicht. Und es ist ja jetzt auch nicht mehr relevant. Soweit ich informiert bin, war es ja eindeutig ein Bootsunfall."

„Ja, da haben Sie recht. Ob er noch jemanden getroffen hat oder nicht, braucht jetzt auch keinen mehr zu interessieren." Stocker wollte lieber nicht weiterbohren.

„Darf ich Sie zu einem Drink einladen, meine Damen?" Die beiden ließen sich nicht lange bitten. Zu dritt gingen sie zur Bar, bestellten noch einen Gin Tonic und für Vivianne einen alkoholfreien Cocktail mit dem Namen 'Virgin Island', danach zog Ostrowsky aber gleich wieder ab. Er habe zu tun, sie verstünden. Und eigentlich waren sie auch ganz froh, dass er sie alleine ließ

„Und? Wie viel hast du gewonnen?", wollte Tabea wissen.

„Wie gewonnen, so zerronnen, meine Liebe. Dein erster Tipp war ja echt gut, aber Impair Schwarz hat dann alles wieder zunichte gemacht. Du warst wohl zu abgelenkt." Sie zeigte mit den Handflächen nach oben.

„Ich würde sagen, wir haben auch genug gesehen für heute Abend, was meinst du?", fragte Tabea.

„Von mir aus können wir gehen, wenn wir ausgetrunken haben."

Es war schon gegen Mitternacht und im Hauptbahnhof war noch immer recht viel los. Erst als die beiden Frauen im Zug saßen, tauschten sie ihre Eindrücke aus.

„Was meinst du, Vivianne? Hat Ostrowsky uns da was vorgespielt? Weiß der mehr, als er zugibt?"

„Also mir ist dieser Kerl suspekt. Warum soll er vom Tod von Guido Wyss so furchtbar betroffen sein? Und dann dieses Schuldgefühl. Ich habe den Eindruck, er wollte uns da auf etwas ansetzen. Diesen angeblichen Termin, den der Wyss gehabt haben soll. Und außerdem glaub ich, ehrlich gesagt auch, dass der sehr wohl weiß, wer wir sind. Oder zumindest, wer du bist."

„Kann schon sein. Ich fand das mit dem Termin auch komisch. Andererseits kann ich jetzt sein Alibi überprüfen. Golfclub Hirzel. Und dann ist da ja noch dieser kleine Terrier. Könnte doch sein, dass der für Ostrowsky die Drecksarbeit erledigt. Da können wir dann lange nach Fingerabdrücken von ihm suchen. Ich könnte ja noch einmal die Zeugen fragen, die zu der Zeit im Hafen waren, als Wyss mit dem Boot wegfuhr, ob sie da so einen Typen gesehen haben."

„Und weißt du was?", fragte Vivianne triumphierend. „Ich konnte sogar heimlich ein Foto von ihm machen. Ein bisschen weit weg, aber immerhin." Sie zeigte Stocker ihr Handy.

„*Mega*! Schick's mir bitte", sagte Tabea strahlend.

„Gimme Five!" Und die beiden klatschten je eine Handfläche gegen die der anderen.

Kapitel 18

Am Samstagmorgen wachte Tabea Stocker von einem Brummen auf. Es war schon nach zehn Uhr und sie befürchtete, dass sich irgendein Nachbar aus den Einfamilienhäuschen rundum mit einem Gartengerät bewaffnet hatte und sie jetzt um ihr ruhiges und erholsames Frühstück bringen würde. Aber je wacher sie wurde, um so mehr wurde ihr klar, dass es ihr eigener Kopf war, der so brummte. Gin Tonic – *z'erscht isch's guet gsi*. Sie stand vorsichtig auf und ging auf wackligen Beinen ins Bad. Ein *Novalgin* und ein Glas Wasser würden sie hoffentlich wieder zu den Lebenden zurückholen. Unter der Dusche entschied sie, die letzten fünf Sekunden auf kalt zu drehen. Ein wenig Strafe musste sein, und überhaupt: Sie hatte ja noch etwas vor.

Der Busfahrplan für Samstag von Zug nach Hirzel war ernüchternd. Während Stocker ihren Kaffee schlürfte und ein Toastbrot mit *Konfi* aß, studierte sie im Internet ihre Chancen, auch ohne Auto in den Ort zu kommen, der auf einem Pass gleichen Namens zwischen Zug und Zürich lag. Wenn sie sich beeilen würde, könnte sie noch eine halbwegs akzeptable Verbindung bekommen. Sie stand auf, räumte ihr Frühstück weg, packte in ihren Rucksack eine Landkarte, ihre Trinkflasche, ihren Dienstausweis, ihr *Natel* und ihr Portemonnaie.

Zum Schluss musste sie noch ein Stück rennen, wobei jeder Tritt schmerzhaft in ihrem Schädel widerhallte. Ihr Kopf kam ihr vor wie die Glocke der Guthirt-Kirche, die eben über das Viertel schallte. Am Bahnhofsvorplatz stieg sie in den fahrbereiten Bus und ließ sich erschöpft auf einem Einzelsitz nieder. Jetzt bloß keine redseligen Mitfahrer. Sie brauchte Ruhe. Sie lehnte sich im Sitz zurück und schloss die Augen. Fast hätte sie den Anschlussbus in Baar verpasst.

Der Bus hielt in der Dorfmitte von Hirzel. Tabea stieg aus und stellte ihren Rucksack auf die Bank des Wartehäuschens. Sie kramte die Landkarte hervor und studierte den Weg zum Golfclub. Dann ging sie die Straße in südöstlicher Richtung hinunter, und bog in den Fußweg ein, der zum Clubhaus führte. Der Golfplatz fügte sich in sanften Wellen in die satte, hügelige Landschaft ein. Grün, wohin man blickte. Hier erholten sich Stockers Sinne wie von selbst. Sie atmete noch einmal tief ein und betrat das Clubhaus.

Gegenüber der Eingangstüre entdeckte Tabea die Rezeption. Allerdings war sie nicht besetzt. Sie schaute sich weiter um. Rechts war ein kleines, elegant eingerichtetes Restaurant mit Bar, daneben ein Shop, der Golfutensilien anbot, und links ging es in einen Versammlungsraum, an dessen hinterer Wand eine Bühne aufgebaut war. Dort machte sich eine junge Frau daran, Podiumstische mit kleinen Getränkeflaschen und Gläsern zu bestücken. Stocker trat ein.

„Entschuldigung. *Grüezi.* Wo finde ich denn die Empfangsperson?"

Die junge Frau drehte sich um.

„Das bin ich", antwortete sie mit einem professionell-freundlichen Lächeln. Sie stieg vorsichtig vom Podium hinunter und steuerte auf Stocker zu. Ihre offenen, halblangen blonden Haare passten nicht optimal zu dem hellgelben Anzug und der cremefarbenen Bluse, fand Stocker. Ein klein wenig mehr von dem roten Lippenstift, der noch auf ihren Lippen durchschimmerte, hätte ihr gut getan. Aber wahrscheinlich war sie einfach noch nicht dazu gekommen, ihre Lippen nachzuziehen. Mittlerweile stand die beige Maus vor ihr und reichte ihr die Hand.

„*Grüezi.* Mein Name ist Emma. Willkommen im Golf Club Hirzel. Was darf ich für Sie tun?"

Tabea Stocker schüttelte ihr die Hand.

„Guten Tag. Oberleutnant Tabea Stocker von der Zuger Polizei. Sie dürfen mir ein paar Fragen beantworten, wenn's recht ist?" Sie lächelte Emma so harmlos wie möglich an. Aber diese schien ihr Vertrauen nicht so schnell an Fremde zu vergeben.

„Können Sie sich ausweisen?"

Tabea hatte auf unkomplizierte Kooperation gehofft. Schließlich ermittelte sie hier ohne offiziellen Auftrag. Aber sie hatte sich vorbereitet.

„Ja, natürlich." Sie schaute sich um, stellte dann

ihren Rucksack auf einen der Stühle in der Nähe und holte ihren Ausweis hervor. Emma beugte sich über den Ausweis und schaute ihn sich sorgfältig an.

„Sie sind ja aus Zug. Dürfen Sie dann einfach hier im Kanton Zürich ermitteln?" Die Empfangsdame war nicht dumm.

„Nun, unser Fall hält sich nicht an Kantonsgrenzen und ich will auch nur eine einfache Frage stellen. Oder zwei. Geht das in Ordnung oder muss ich mit den lokalen Ermittlern wiederkommen?"

„Ja, gut, sagen Sie schon, was Sie wissen möchten."

„Könnten Sie bitte nachprüfen, ob am 22. Juli hier im Golfclub ein Turnier stattgefunden hat, an dem Herr Oleg Ostrowsky teilgenommen hat, und wenn ja, bis wann?"

„Liegt denn etwas gegen Herrn Ostrowsky vor?", fragte sie schon wieder misstrauisch. „Wir sind hier angehalten, keine Auskünfte über unsere Mitglieder zu geben."

„Nein, es liegt nichts vor. Es ist lediglich eine Aussage, die er selbst gemacht hat und die ich von Ihnen bestätigt haben sollte." Stocker wurde langsam ungeduldig.

„Na gut", gab sie nach, „ich schau mal nach." Sie ging an Stocker vorbei zur Rezeption und schlug dort eine *Agenda* auf.

„22. Juli sagen Sie?" Stocker nickte.

„Ah ja. Da haben wir's. Ich war an dem Abend sogar selber hier. Jetzt kann ich mich erinnern. Das Turnier war nur im privaten Rahmen. Die Golfer kamen um 18.00 Uhr und feierten dann noch bis gegen Mitternacht hier im Restaurant. Ich bin so gegen 22.00 Uhr gegangen, aber Tito vom Restaurant hat sich am nächsten Tag darüber beklagt, dass er erst gegen halb zwei im Bett lag."

„Können Sie sich erinnern, ob Herr Ostrowsky die ganze Zeit über mit dabei war?"

„Der Mann ist weder zu übersehen noch zu überhören. Solange ich im Dienst war, kann ich bestätigen, dass er mit von der Partie war."

„Vielen Dank, Emma. Das hat mir sehr geholfen und Herrn Ostrowsky auch." Sie verabschiedeten sich. Als Tabea Stocker den Club bereits verlassen hatte, wollte sie Emma noch einmal kurz durch das Fenster zuwinken. Doch die war schon wieder mit einem Telefonat beschäftigt.

Stocker schulterte ihren Rucksack und machte sich auf den Weg zurück zur Busstation. Dort gab es Wegweiser für Wanderer, hatte sie beim Aussteigen gesehen. Sie hatte sich vorgenommen Richtung Zürichsee bis Horgen zu wandern und dort die S-Bahn zurück nach Zug zu nehmen. Das Schild gab an, dass es etwa fünf Kilometer bis dorthin waren. Okay, dachte sie. Wandern ist vielleicht zu viel gesagt. Aber es reicht, um nachzudenken. Und etwas körperliche Betätigung hatte sie auch dringend nötig.

Während sie über eine sommerlich geblümte Wie-

160

se bergab lief, fasste sie zusammen: Was haben wir? Einen toten Stadtrat, Vorsteher des Baudepartements. Bisherige Einschätzung: Bootsunfall. Welche Informationen über den Stadtrat liegen mir vor? Er hatte Kontakt mit und hohe Schulden bei Casinobesitzer Oleg Ostrowsky. Wer ist Oleg Ostrowsky? Ein sehr reicher Russe, der mit Geld um sich wirft, das wahrscheinlich nicht ausschließlich aus dem Casinogeschäft stammte. Er will unbedingt das Grundstück in Zug am See, die *Schützenmattwiese*. Sein Plan: ein Wellness-Hotel darauf zu bauen. Seine Offerte war angeblich äußerst großzügig. Was hätte Wyss tun können, um seine Schulden loszuwerden? Wie hätte er Ostrowsky nützlich sein können? Naheliegend wäre eine Einflussnahme auf die Haltung der Zuger Gemeinderatsmitglieder, um die Abstimmung zugunsten Ostrowskys ausfallen zu lassen. Wollte sich Wyss nicht darauf einlassen? Hatte er nicht genug dafür getan? Andererseits ergab sich daraus nicht wirklich ein Mordmotiv. Oder war Ostrowsky so brutal, dass der Mord seine Strafe für Wyss war? Dann hätte er aber weder seine Schulden zurückbekommen noch einen Fürsprecher für sein Projekt. Weiter wurde heute klar, dass Ostrowsky selbst den Mord nicht begangen haben konnte. Hat er den Terrier geschickt? Gäbe es irgendwelche Hinweise darauf? Bisher nicht. Schade! Allerdings könnte auch alles ganz anders gewesen sein. Wer könnte noch involviert sein? Wer hätte noch

Interesse am Tod von Guido Wyss? Andere Gemeinderatsmitglieder? Das familiäre Umfeld? Jemand vom Baudepartement? In Stockers Kopf drehte sich alles. Es gab einfach keinen Sinn. Vielleicht sollte sie es bei der Unfalltheorie belassen und sich nicht so in ihre fixe Idee hineinsteigern, es könnte sich um einen Mord gehandelt haben. Nur: Bis *anhin* hatte sie ihr Instinkt noch nie fehlgeleitet.

Mittlerweile konnte sie schon den Zürichsee sehen. Wie eine Zunge erstreckte er sich weit in das Tal hinein. Die Sonne spiegelte sich und die vielen kleine Segelboote sahen aus wie Möwen, die sich hie und da auf dem See niedergelassen hatten. Zeit für eine kleine Pause, fand Tabea Stocker und setzte sich auf eine Holzbank, um die Aussicht zu genießen Natürlich erinnerten sie die Boote an den (Un)fall Wyss. Sie konnte einfach nicht abschalten. „*Verdammi!*", fluchte sie leise vor sich hin. „Das bringt doch alles *nüt*." Und anstatt weiter auf den See zu starren, stand sie auf und marschierte in wütender Eile zum Bahnhof in Oberdorf.

Noch auf der Fahrt zurück nach Zug kam ihr der Gedanke, wenigstens noch ihren letzten Strohhalm unter die Lupe zu nehmen. Den Terrier. Zuhause angekommen, setzte sie sich auf ihr gelbes Sofa und stellte eine Tasse Kaffee auf den Glastisch vor ihr. Dann wählte sie eine Nummer auf ihrem Smartphone.

„*Hoi*, Ricardo. Wie geht 's dir? Alles okay?"

„Quelle belle surprise! Salutas, Tabea. Bei mir ist alles bestens, aber dir scheint es an etwas zu fehlen, *Han i rächt?*"

„*Du lueg'sch dur mi dure wie durch äs offnigs Fänschter*," lachte Stocker.

„Genau. *Chumm, spuck's scho uus.*"

„Dieser kleine drahtige Terrier, der in Ostrowskys Casino herumschnüffelt, kennst du den?"

„Du meinst wohl den Tschetschenen, was? Ostrowskys rechte Hand, wenn er sie sich nicht selbst schmutzig machen möchte."

„Genau, den mein ich."

„Was möchtest du wissen?"

„Traust du dem zu, einen Mord für seinen Chef auszuführen?"

„Schon. Der ist stahlhart. Steely Stan nennen sie ihn. Der muss seine Skrupel schon lange irgendwo im Kaukasus verloren haben."

„Hat er auch einen richtigen Namen?"

„Kann ich Ärger kriegen, wenn ich ihn dir verrate?" Ricardo klang ernsthaft besorgt.

„Nein, nein. Ich kann da ja gar nicht wirklich aktiv werden. Wollte nur mal hören, ob du etwas über ihn weißt Er ist mir letztes Mal aufgefallen, als ich im Casino war und es ist nur so ein Gedanke, dass er vielleicht mit einem Fall zu tun haben könnte, an dem ich herum laboriere."

„Also muss ich mir doch Sorgen machen?"

„Jetzt komm schon, Rici. Ich sag's auch keinem. Auch nicht unter Folter."

„Na, das bleibt abzuwarten. Also das Stan kommt wohl von Stanislav, so viel ich weiß, und der Nachname ist irgendwas mit Z: Zokovic, Zakayev, Zrakavic. Ich kann mich nicht mehr genau erinnern."

„Danke, Ricardo. Das hilft mir schon weiter. Wenn es denn überhaupt irgendwohin führt."

Sie verabschiedeten sich und Tabea Stocker nahm sich vor, gleich am Montag ihren ehemaligen Kollegen bei der Zürcher Polizei zu kontaktieren. Der könnte für sie nachschauen, ob dieser Steely Stan dort schon aufgefallen war, und vor allem, ob er auch irgendwo wohnte. Was sie allerdings mit diesen Informationen anfangen würde, wusste sie auch noch nicht.

Kapitel 19

Nach einem langweiligen, aber erholsamen Samstagabend vor dem Fernseher fühlte Tabea Stocker sich am Sonntag herausgefordert, eine echte Wanderung zu unternehmen. Bei einem ausführlichen, gesunden Frühstück studierte sie die Wanderkarte vom Zugerberg. Mit dem *Bähnli* wollte sie hochfahren und von dort Richtung Süden bis Walchwil wandern und dann mit dem Schiff zurück nach Zug. Das würde ein schöner Ausflug werden. Unter zehn Kilometer. Das würde sie schaffen. Mit Pausen machbar. Drei Stunden Wanderzeit. Endlich einmal Privatleben. Abschalten. Was Gesundes tun. Weg vom Fall Wyss. Das Wetter war prächtig. Alles sprach dafür.

Die Aussicht von hier oben war magisch. Nicht nur der Blick hinunter auf den See, auf die grünen Hügel und grauen Gebirge war atemberaubend, auch die offene Moorlandschaft auf dem Plateau des Zugerbergs erschien Tabea Stocker zauberhaft: Blümchen, die im Sonnenlicht hell leuchteten, mischten sich unter die störrischen Grashalme und hin und wieder ließ sich sogar ein Kaninchen blicken. Mit vernünftigem Schuhwerk und einem gut gefüllten Rucksack stapfte sie durch die frische Luft an kleinen Birkenwäldchen vorbei in Richtung Walchwil und genoss die herrliche Ruhe.

Als sich die Sicht weiter öffnete, machte Stocker ihre erste Pause auf einem Baumstamm, um das Alpenpanorama, das sich ihr jetzt präsentierte, zu bestaunen und sich einen Müsliriegel zu gönnen. Immer wenn sich die Gedanken an die Arbeit wieder einschleichen wollten, atmete sie mehrmals tief durch und zählte auf zehn. Manchmal auch auf zwanzig. Dann ging es wieder. Vereinzelt kreuzten andere Wanderer ihren Weg. Man grüßte sich freundlich und es wurde wieder still. Stocker raffte sich schließlich auf und marschierte weiter. Es waren schon zwei Stunden vergangen, als sie an einem verlassenen Hof vorbeikam. Er war noch einige hundert Meter entfernt, aber sie konnte deutlich ein schwarzes Auto sehen, dass dort *parkiert* war. Es gab hier keine offizielle Straße Etwas verwundert ging sie weiter. Sie atmete tief ein und aus und zählte auf zehn. Mittlerweile kam nur noch selten jemand an ihr vorbei. Ihr Weg führte sie langsam wieder aus dem Moor hinaus und bergab in ein Stück Wald. Die Abkühlung tat gut. Ihre Laune stieg. Sie begann zu singen. Das tat sie selten und nur, wenn sie wusste, dass es niemand mitbekam. So viel Empathie musste sein.

Hinter ihr knackte es. Sie schaute sich um, konnte aber weder Tier noch Mensch erkennen. Der Weg wurde steiler und schmaler und wand sich in Schlangenlinien durch den Wald. Wieder hörte sie

Steine, die hinter ihr herunterrollten. Kleine Steine, von etwas oder jemandem losgetreten. Ihr Alarmsystem schaltete sich ein. Bestimmt nur ein Tier, versuchte sie sich zu beruhigen. Wie konnte sie nur so ängstlich sein. Als sie noch einmal hinter sich blickte, meinte sie jedoch, einen menschlichen Schatten wahrgenommen zu haben. Was *isch* jetzt das?, fragte sie sich, verärgert darüber, dass man ihre Ruhe und gute Laune störte. Sie ging weiter. Der Weg machte wieder eine Kurve und Stocker konnte jetzt oben eindeutig eine Gestalt sehen, die ihr irgendwie bekannt vorkam. Dunkel gekleidet, bewegte sich die Person behände auf sie zu. Das konnte doch nur der Terrier von Ostrowsky sein. Was hatte er vor? Angst kroch ihr in die Glieder. Tabea sondierte ihre Lage. Weiter unten schien sich der Weg wieder zu verbreitern und es wurde lichter. Da sie unbewaffnet war und nicht wusste, was sie erwarten würde, wollte sie dem Typen lieber nicht begegnen oder gar entgegengehen. Also abwärts, aber dalli, dalli! Kaum beschleunigte sie ihren Gang, hörte sie, wie sich auch die Person hinter ihr schneller bewegte. Es knackte jetzt unentwegt im Unterholz und er schien auch nicht mehr unbemerkt bleiben zu wollen. Er war schlicht hinter ihr her und ihr bereits dicht auf den Fersen. Tabea rannte, so schnell sie konnte. Noch zwei Kurven, dann wäre sie aus dem Waldstück. Das war immer noch zu weit. Sie entschied, den Weg zu verlassen und quer durch den

Wald nach unten zu laufen. Plötzlich hörte sie einen Schuss. Hinter einem Baum blieb sie kurz stehen. Erschrocken überprüfte sie, ob sie getroffen worden war. Nein, nichts. Der Knall hallte noch in ihren Ohren, als sie in Höchstgeschwindigkeit weiter abwärts rannte und rutschte, bis sie aus dem Wald heraus war und auf einem breiteren Wanderweg landete. Dort schaute sie kurz nach links und nach rechts. Linker Hand konnte sie in einiger Entfernung einen Bauernhof sehen und von rechts fuhren zwei Mountainbiker mit bedrohlicher Geschwindigkeit auf sie zu. Trotzdem blieb sie mitten auf dem Weg stehen und warf die Arme in die Höhe. „Haaalt!" Der eine Radler konnte gerade noch ausweichen und anhalten, der andere rutschte beim Bremsen auf dem Schotter aus, schlitterte noch ein ganzes Stück und knallte einige Meter hinter Stocker auf den Boden.

„Sind Sie wahnsinnig?", schrie er aufgebracht.

„Eher geistesgegenwärtig!", schrie sie zurück. Die Anspannung hatte deutlich Besitz von ihr genommen. Sie zitterte am ganzen Körper.

„Was *isch* denn los?", wollte der andere Biker wissen. Er wollte wohl beruhigend eingreifen.

„Das hesch doch gseh, Gopferdori. Die Chueh hätt sich üs eifach in Wäg gstellt. Oh, Shit! Und jetzt bluet i no am Chnü und s'Velo isch au kaputt!"

„Und ich wär *fascht verschosse worde*", brachte Tabea zu ihrer Verteidigung erbost und lautstark hervor.

„Oh, lätz. Ja, sind Sie de Jäger in d'Queri cho?" Der

eine Biker schaute sie jetzt mitleidig an.

„Nüt Jäger. Ä Aschlag isch's gsi. Uf mich persönlich."

Vom Gesichtsausdruck des Mannes konnte man deutlich ablesen, dass auch er jetzt an Stockers Verstand zweifelte.

„Komplett verruckt, die Alti!", konnte der andere nur noch wütend hervorbringen.

Tabea Stocker, noch immer in Alarmbereitschaft, schaute sich um. Es war ruhig geblieben. Anscheinend hatte der Aufruhr mit den Bikern die gewünschte Wirkung erzielt und den Verfolger verscheucht.

„Nein, im Ernst", erklärte Stocker. Sie war blass geworden von dem Schock, „jemand hat mich verfolgt und auf mich geschossen. Sie informierte die beiden auch darüber, dass sie Oberleutnant bei der Polizei sei und ihre Sinne noch sehr gut beisammen habe.

„Sie hend üs zwar üsi Sunntigstour versaut, aber unter dänne Umständ bringe mir sie jetzt lieber zämme uf Walchwil abe," erklärte der Biker, der stehen geblieben war. Der andere nickte widerwillig bestätigend und stand auf. Sein Bike musste er ohnedies schieben. Es hatte eine brutale Acht im Vorderrad. Tabea atmete erleichtert auf und rang sich zu einer Entschuldigung durch. Insgeheim dachte sie aber: *Was müend di au immer so raase uf dene Wanderwäg.*

In Walchwil nahm Tabea die S-Bahn zurück nach Zug. Das Schiff zu nehmen, war ihr verleidet. Der

Schock saß ihr noch immer in den Gliedern. Wie hätte sie sich da entspannt einer Schiffsfahrt widmen sollen? Ja, auch ihre Sonntagstour war kräftig versaut worden. Wie in aller Welt wusste der Verfolger, wo sie sich herumtrieb? Das war ja nun wirklich eine Ausnahmesituation. Sie ging doch sonst nicht alleine in die Berge und Wandern war eigentlich nicht so ihr Ding. Dieser Tschetschene musste sie beobachtet haben.

In Zug angekommen, ging sie zuerst in das Irish Pub an der Ecke beim Bahnhof und ließ sich ein ordentliches Beruhigungspint einschenken. Selbst jetzt noch schaute sie ständig nach links und nach rechts, ob ihr Verfolger irgendwo zu sehen war. Aber alles schien ganz normal und harmlos. Etwas beruhigt, aber immer noch auf wackligen Beinen, machte sie sich auf den Heimweg.
Zuhause räumte sie den ganzen Proviant aus dem Rucksack. Außer dem Müsliriegel und einem halben Liter *Hahnenwasser* hatte sie nichts zu sich genommen. Ihr Magen meldete unmissverständlich, dass er neben dem Bier auch etwas Gescheites brauchte. Also nahm sie die zwei *Schinkenbrötli* und das *Tupperdösli* mit den Apfelsspalten und machte es sich auf dem gelben Sofa bequem. Dass sie gar nicht bemerkt hatte, dass sie beobachtet wurde, war besonders schockierend für Stocker. In Zürich wäre ihr das sicher nicht passiert. Vielleicht hatte die oberflächliche Harmlosigkeit in Zug bereits

dazu geführt, dass sie nicht mehr so aufmerksam war wie früher. Irgendwie war alles zum Verzweifeln und am liebsten hätte Stocker alles hingeschmissen und wäre ausgewandert. Irgendwohin, wo sie vor Ostrowsky sicher sein konnte. Costa Rica, zum Beispiel. Yoga am Strand und dann Surfen. Und sicher wäre da auch ein attraktiver, ungebundener Surflehrer zu finden. Aber diese Traumvorstellungen brachten sie jetzt auch nicht weiter. Sie musste herausfinden, warum man ihr nach dem Leben trachtete. War sie Ostrowsky schon zu dicht auf den Fersen? Sollte sie aus dem Weg geräumt werden? Warum? Was hatte Ostrowsky zu verbergen? Hatte er dem Tschetschenen den Auftrag gegeben, sie umzubringen oder war es nur eine Warnung gewesen? Ein Warnschuss, sozusagen?

Kapitel 20

Tabea, *du chasch dis Velo grad im Chäller laa*, sagte sich Stocker, als sie am Montagmorgen aus dem Fester schaute. Es goss in Strömen und Nebelschwaden umkränzten den Zugerberg. Die Hitzewelle war definitiv vorbei. „Sauwetter", murmelte sie vor sich hin. Von dem unerwarteten Traumwetter vom Vortag war nichts mehr zu spüren, aber von dem Alptraum schon. Die Angst steckte ihr noch immer in den Knochen. Stocker nahm ihre Regenjacke vom Haken und tauschte die Sandalen mit wasserdichten, halbhohen Gummistiefeln, steckte ein paar Lederschuhe in einen *Plastiksack* und machte sich zu Fuß auf den Weg ins Amt. Weit war es ja nicht. Unterwegs überlegte sie, ob und wem sie von dem Vorfall gestern berichten sollte. Verpflichtet fühlte sie sich ja schon, aber was würde es bringen? Unnötige Rückfragen. Und wenn sie gleich mit der ganzen Wahrheit rausrücken würde, dann würde Rogenmoser sie gewiss zusammenstauchen und ihr ein weiteres Mal verbieten, in Sachen Wyss noch irgendetwas zu unternehmen, und keiner würde je nach dem Kerl suchen, der sie da verfolgt hatte. Was hatte sie schon zu bieten? Ein schwarzes Auto vor einem verlassenen Bauernhof und ein schwarz gekleideter Typ, der sie zu verfolgen schien und einen Schuss abgab. Zwei Biker als Zeugen, die nichts gehört und nichts gesehen hatten. Nein. Sie würde den Vorfall nicht melden. Aus. Basta.

„*Guete Morge, Beat, guete Morge, Sylvia*", rief sie statt dessen ihren Kollegen zu. „Ist der Nikolas auch schon da?"

„Da musst du schon früher aufstehen", erwiderte Sylvia. „Der ist schon wieder weg. Aber er hat dir ein Packen Papiere auf den Schreibtisch gelegt."

Tabea Stocker stellte ihren Schirm zum Trocknen geöffnet in eine Ecke im Flur und hängte ihre triefende Regenjacke an der Garderobe auf. Mit einem Blick auf ihren Arbeitsplatz erkannte sie, dass es sich wieder einmal um Informationen zu den Richtlinien im Bereich Wirtschaftskriminalität handelte. Na, super.

„Tabea, kannst du für die nächsten zwei bis drei Stunden hier die Stellung halten? Sylvia und ich müssen zu einer Familie Brigachtal in Hünenberg. Da wird wieder ein Großvater vermisst." Beat Iten wartete gar nicht lange auf eine Antwort. „Komm, Sylvia. Wir müssen los."

„Na super", wiederholte Stocker diesmal ohne Ironie und machte erst einmal Platz auf ihrem Schreibtisch. Es war ihr gar nicht so unrecht, eine Weile das Büro für sich alleine zu haben. Sie suchte in ihrer Schreibtischschublade nach einer Visitenkarte und als sie sie fand, wählte sie die Nummer.

„Oberleutnant Reto Schmidiger, *grüezi*."

„*Hoi*, Reto. Hier ist Tabea. Ich muss dich dringend etwas fragen."

„Ja, *hoi*, Tabea. Bist du nicht mehr in Zug?"

„Doch, doch, aber ich bräuchte Amtshilfe."

„Dann schieß los. Ich helf dir gern. Das weißt du ja. Um was geht es denn?"

Reto war ein ehemaliger Kollege aus Zürich, mit dem sie einmal recht eng war.

„Ich war vor kurzem in Zürich im Casino und da schlich ein merkwürdiger Typ rum, der offensichtlich kein Gast, aber auch kein Türsteher war. Soweit ich weiß, heißt er Steely Stan, Stanislav irgendwas. Und gestern war ich wandern auf dem Zugerberg und ich hatte das deutliche Gefühl, dass mich jemand verfolgt. Dieser Jemand hat dann sogar noch einen Schuss abgefeuert und wies eine deutliche Ähnlichkeit mit eben jenem Stan auf. Kann ich dir ein Foto schicken und du schaust einmal, ob ihr etwas über ihn habt?"

„Um Himmels Willen, Tabea. Das ist ja furchtbar. Warum will man dich denn umbringen? In was hast du dich denn da verstrickt?" Reto klang sehr besorgt. „Hast du im Casino die Bank gesprengt?" fügte er noch ironisch hinzu, um Tabea nicht noch mehr zu beunruhigen.

„Blödsinn. Natürlich nicht. Aber ich bin da an etwas dran, was vielleicht gar nichts ist. In diesem Zusammenhang bin ich auf den Besitzer des Casinos, Oleg Ostrowsky, gestoßen und ich bin sicher, der Typ von gestern arbeitet für ihn. Ein übler

Bursche, klein, drahtig, muskulös und maligne."

„Und was?", wollte Schmidiger irritiert wissen.

„Maligne. Bösartig."

„Ah so. Ja, dann schick mir das Foto gleich mal rüber. Ich mache mich sofort an die Arbeit und ruf dich wieder an. So in einer Stunde?"

„Danke Reto. Ich harre deiner," erwiderte Stocker mit süßlicher Stimme.

„Jetzt red nicht so komisch daher. Macht das die Zuger Luft?"

„Ich wollte dich *im Fall* nur ein wenig verunsichern", meinte sie amüsiert.

„Wenn du weiterhin so frech bist, können es auch gut zwei Stunden werden."

„Oh nein, Reto, bitte nicht. Ich bin ab jetzt auch ganz brav und werde mein rhetorisches Niveau an das deine anpassen."

„Sie kann's nicht lassen." Reto gab lachend auf.

Nachdem Tabea Stocker ihm das Foto geschickt hatte, holte sie sich einen Kaffee aus der Teeküche und blätterte durch die Dokumente, die ihr Chef für sie hingelegt hatte. Ein Papier erregte ihre Aufmerksamkeit. *Geldwäscherei* war die Hochglanzbroschüre betitelt und darunter *Informationen zur Vorgehensweise und Motivation, illegal erworbenes Geld in die Legalität zu überführen sowie neue Strategien zur Verhinderung von Geldwäscherei.* Nicht dass der Titel sie beflügelt hätte, das Dokument zu lesen, aber Ostrowsky, Casino und Geldwäsche schienen ihr ideal zusammenzupassen. Da wollte sie schon gern etwas mehr über das Thema wissen.

Nach gut eineinhalb Stunden kannte Stocker die Gründe und die verschiedenen Arten, Geld zu waschen. Sie hatte auch gelernt, dass es nicht einfach war, dieses Delikt zu bekämpfen. Aber anscheinend war das öffentliche Interesse in den letzten Jahren stark gewachsen, Steuerflucht, Schwarzarbeit und mafiöse Kohle nicht länger zu tolerieren, so dass sich die Abteilung für Wirtschaftskriminalität gezwungen sah, verstärkt tätig zu werden. Ob die neuen Strategien dazu beitrugen, Geldwäsche zu verunmöglichen, wagte Stocker zu bezweifeln, aber immerhin waren sie Schritte, sie zu erschweren. Zumindest für die kleinen Fische, fand sie. Gerade wollte sie sich weiter in die Materie vertiefen, als Reto anrief.

„Leider kein Treffer, Tabea. Der Kerl scheint entweder noch nicht ins Visier der Zürcher Polizei geraten zu sein oder er hat eine weiße Weste. Aber du hast doch den Namen Ostrowsky fallen lassen. Da hat's dann *Bling* gemacht. Unsere Abteilung für Wirtschaftskriminalität interessiert sich seit geraumer Zeit für ihn. Vor allem seit er in diese alt-ehrwürdige Villa mit Seeanstoß in Zollikon gezogen ist, die er kaufte, obwohl sie gar nicht zum Verkauf stand, hat sich der Chef der Abteilung, Hauptmann Beaulieu-Flique, genauer mit Ostrowsky befasst. Am besten, du redest persönlich mit

ihm. Ich schick dir gleich seine Direktwahl, okay?"
„Das ist ja ein interessanter Zufall, danke Reto. Ja,
schick mir die Nummer auf mein *Natel*. Auf dich
kann ich mich eben immer verlassen", schmeichel-
te sie ihm noch ein bisschen zum Abschied.

Hauptmann Beaulieu-Flique hatte eine sonore
Stimme, die sich für Tabea Stocker anhörte, als
wäre er schon jenseits der 50, breitschultrig und
mit einem kleinen Bauchansatz. Zudem war er
redselig. Obwohl er sie gar nicht kannte, erzählte
er ihr mit Begeisterung von seinen Kenntnissen
und Vermutungen im Fall Ostrowsky: "Im post-
sowjetischen Russland bekam er über Beziehun-
gen einen hohen Posten in einem der großen Öl-
konzerne. Dort war es ihm möglich, bestimmte
Bereiche auszugliedern und in selbstständige Firmen umzuwandeln. Er überzeugte anscheinend
die Entscheidungsträger, diese Firmen zu privati-
sieren. Wahrscheinlich haben sich diese Leute die
Firmen schlichtweg untereinander aufgeteilt und
ihren Profit daraus gezogen. Möglichkeiten gab es
viele in diesen Jahren. Auf jeden Fall hat Ostrowsky sich mit ausländischen Kunden ein sehr lukra-
tives Business aufgebaut und dabei – so vermute
ich – Rubel am russischen Staat vorbei ins Ausland transferiert. Im Jahr 2005 schätzte man sein
Vermögen auf etwa 250 Millionen Dollar. Man
hat ihn dann aber ins Visier genommen und wollte
ihn wegen Steuerbetrugs und krimineller Aneig-

nung russischen Staatseigentums hinter Gitter bringen. Ich weiß nicht, ob er gewarnt worden war, auf jeden Fall befand er sich zu dieser Zeit in Italien, wo er eine Villa bei Portofino besitzt. Er beschloss, nicht mehr nach Russland zurückzukehren, und beantragte eine Aufenthaltsbewilligung in der Schweiz. Hier hat er Kontakt zu einem Rohstoffunternehmen, das ihm eine Stelle als Berater anbot, damit es leichter für ihn war, dauerhaft in die Schweiz einzureisen. Sein Geld hat er aller Wahrscheinlichkeit nach über Briefkastenfirmen und Offshoreanlage-Konten in mehreren Ländern verteilt und es ist nicht nachvollziehbar, wie viel Geld er versteckt hält und wie viel Rubel bereits gewaschen wurden. Auf jeden Fall taucht mit Sicherheit nicht alles in seinen Steuererklärungen hier in der Schweiz auf. Aufmerksam geworden sind wir bereits, als er das Casino in Zürich gekauft und aufwändig renoviert hat. Wir haben uns den Kaufvertrag zeigen lassen, aber natürlich haben seine Anwälte ihn so aufgesetzt, dass wir keinerlei Nachweis über die tatsächlich geflossene Summe haben. Klar ist nur, dass im Vertrag eine im Verhältnis viel zu hohe Summe steht. Diese hat er aber nicht nur über sein Privatvermögen und Kredite bezahlt. Es sind noch zwei Firmen mit im Boot, die Teileigentümer sind. Ziemlich verworren das Ganze. Im Fall seiner Villa haben uns die ehemaligen Eigentümer die Einsicht in die Verträge verweigert. Leider sind uns die Hände gebunden und nicht selten habe ich das Gefühl, dass man meine Bemühungen auch von oben nicht besonders unterstützt", beendete Beaulieu-Flique etwas niedergeschlagen seine Ausführungen.

„Vom Geschäftsführer und dann Berater eines Rohstoffunternehmens zum Casinobesitzer: auch eine interessante Karriere", fand Tabea Stocker. „Und jetzt will er unbedingt die *Schützenmattwiese* in Zug haben, um ein Wellness-Hotel darauf zu bauen. Sein Angebot ist unschlagbar, sagt man."

„Die *Schützenmattwiese*?" Beaulieu-Flique kannte sich offensichtlich in Zug nicht aus.

„Ein großes, unbebautes Seegrundstück im Zentrum von Zug. Und in diesem Zusammenhang steht er in einem - zumindest mir suspekten - Bootsunfall des Vorstehers der Bauabteilung in Verbindung."

„Oh là là. Très intéressant", dröhnte Beaulieu-Fliques Stimme durchs Telefon.

„Ja, aber ich weiß ja auch nicht, ob das mir oder Ihnen weiterhilft. Anscheinend kommen wir beide nicht an Beweise ran."

„Doucement, doucement, Oberleutnant Stocker. Geduld und Durchhaltevermögen. Und vielleicht spielt uns auch der Zufall einmal ein gutes Blatt zu. Ach ja, mein Kollege Schmidiger sagte noch, Sie hätten sich von einem Mann verfolgt gefühlt, von dem Sie glauben, er arbeite für Ostrowsky?"

„Eben, Hauptmann Beaulieu-Flique, ich glaube schon. Aber Fakt ist, es wirkte sehr einschüch-

ternd auf mich. Und wer könnte mich einschüch-
tern wollen und warum? Im Moment fällt mir da
nur Ostrowsky ein."

„Wir bleiben dran, Madame Stocker. Es war ein
interessantes Gespräch mit Ihnen. Passen Sie gut
auf sich auf und melden Sie sich, wenn Sie mehr
herausgefunden haben. Ich werde Ihnen ebenfalls
Mitteilung machen, wenn sich hier in Zürich etwas
tut."

„So machen wir's, Monsieur Beaulieu-Flique.
Ade."

Kapitel 21

Die Stimmen aus dem Fernseher erreichten Tabea Stockers Gehirn nicht und füllten ihr Wohnzimmer nur mit sinnentleerten Geräuschen. Erst als sie das wahrnahm, wurde ihr klar, dass sie den Vorfall von Sonntag nicht so leicht aus ihrem System eliminieren konnte. Dieser Kerl hatte ihr Angst gemacht. Sie wollte jetzt nicht allein sein.

Es war schon nach acht, der Regen hatte nachgelassen, man konnte sogar schon wieder etwas Blau zwischen den Wolken erkennen. Die Auswahl an Personen, die sie hätte anrufen können, hielt sich in Grenzen. Schließlich entschied sie sich für Theo Landtwing. Er wohnte nicht weit entfernt, war alleinstehend und der Abend im Chicago qualifizierte ihn als unterhaltsamen Gesprächspartner. Sie wählte seine Nummer.

„Ja, so eine Überraschung. *Hoi*, Tabea. Was verschafft mir die Ehre?"

„Ciao, Theo. Ich hoffe, ich störe nicht. Hättest du Lust auf *Ausgang*?"

Theo war leicht zu überreden. Eine halbe Stunde später holte er sie mit dem Velo ab und sie fuhren zusammen zu einer Bar neben dem Zuger Bahnhof.

„Lass uns durch die Bahnhofshalle gehen, dann können wir noch die Lichtinstallation von James Turrell bewundern", schlug Landtwing vor. Also schoben sie ihre Velos in den Bahnhof und setzten sich auf eine Bank. Langsam und mit jedem Farbwechsel änderte sich die Atmosphäre in der Halle. Hier, mit Theo zusammen, wurde Tabea ruhiger. Die Pause hatte etwas Meditatives. Keiner von beiden sagte etwas.

„Schön", fand sie nach einer Weile und griff nach Theos Hand. „Geh'n wir weiter?"

In der Bar war es voll und laut. Die Plätze am Tresen waren alle belegt, nur wenige Sitzgelegenheiten waren in den Lounges übrig, die man sich mit anderen Gästen teilte. Ein dröhnender Bass verhinderte, dass man die Gespräche der anderen mithören konnte. Leider ließ die laute Musik aber auch nicht zu, dass man das eigene Gespräch ohne Mühe führen konnte.

„Auch ein Bier?", schrie Theo mehr, als dass er sprach. Tabea nickte. Kurze Zeit darauf kam er mit einem kleinen Tablett mit zwei *Stangen* Bier und einem Schälchen mit Nüssen zurück und stellte es vor Tabea auf den großen, niedrigen Tisch. Er setzte sich neben sie und sie prosteten sich zu. Tabea wusste nicht so recht, was sie sagen sollte, deshalb war es ihr lieber, wenn Theo redete.

„Hast du einen guten Tag gehabt?"

Das war ein Initialzünder. Landtwing begann sofort zu erzählen, wie er gleich nach der Arbeit mit Parteigenossen darüber *gehirnt* habe, wie man mit einem Referendum den Verkauf der *Wiese* doch noch verhindern könnte. Er ging ziemlich ins Detail und wollte gar nicht mehr aufhören zu reden. Tabea merkte, dass ihre Konzentration wieder nachgelassen hatte und sie Theos Ausführungen gar nicht mehr richtig folgte. Als er vorschlug, noch ein Bier zu bestellen, winkte sie ab.

„Würde es dir etwas ausmachen, wenn wir nach Hause gingen? Ich bin doch etwas von der Rolle." Theo schaute sie überrascht an, willigte aber ein. Sie fuhren hintereinander auf dem Veloweg bis zum Kaufmännischen Bildungszentrum. Theo hätte geradeaus weiterfahren können, aber er bot ihr an, sie noch bis nach Hause zu begleiten.

„Kannst du mich auch bis zu dir nach Hause begleiten?", fragte sie ihn mit einem schelmischen Grinsen.

„Okay", antwortete er erstaunt. „Dann los." In seinem Kopf machte sich schon eine ganze Reihe von äußerst angenehmen Gedanken breit.

Während Theo in der Küche seine zwei schönsten Biergläser füllte, sah sich Tabea seine Junggesellenbude an. Das Wohnzimmer war erstaunlich geschmackvoll eingerichtet. Theo hatte nur wenige ausgewählte Möbelstücke in seinem Heim erlaubt. Zwei Safari Chairs, gegenüber ein bequem aussehendes graues Sofa, das wie ein kleiner Elefant den Platz vor dem großen Fenster schmückte, eine Designer-Stehlampe, die die Ecke zwischen Sesseln und Sofa in gemütliches Licht tauchte. Ein weicher, hochfloriger, heller Teppich verlieh dem Zimmer Wärme und wo an den Wänden kein gut gefülltes Bücherregal stand, hingen echte Öl- und Acrylbilder. Tabea schlüpfte aus ihren Schuhen und betrat den flauschigen Teppich, um sich die Fotos näher anzusehen, die auf den Regalen verteilt waren.

„Sind das deine Kinder?", fragte sie Theo, der ihr eben eines der Biergläser reichte.

„Ja, das ist die Lizzy und der da ist der Tobias", antwortete er stolz.

„Wie alt sind sie?"

„Lizzy ist jetzt fünfzehn geworden und der Toby wird im nächsten Monat siebzehn."

„Und? Seht ihr euch häufig?"

„Na ja. Ich hab halt nicht viel Zeit mit meinem Job und der Politik, aber wir treffen uns so oft es geht. Ich bin auf jeden Fall froh, dass Marlene da flexibel ist."

„Ja, das ist großzügig von deiner Ex-Frau."

„Ich würde mal sagen, dass ich der Großzügigere bin. Immerhin zahle ich fast ihren gesamten Lebensunterhalt."

Tabea wollte lieber nicht weiter auf die Familiengeschichten der Landtwings eingehen und deutete jetzt auf ein anderes gerahmtes Foto.

„Hey, das ist ja der Wyss. Wart ihr da zusammen auf Bootstour?"

„Das war vor fünf Jahren. Es war ein *mega* schöner Ausflug über den ganzen Zugersee. Nur wir beide. Ist leider seither nicht mehr wieder vorgekommen. Immer zu tun. Du weißt ja, wie das ist. Aber komm, setzen wir uns. Und dann erzählst du mal, was dich bedrückt. Ich merke doch schon den ganzen Abend, dass du angespannt bist."

„Du bist ein feinfühliger Beobachter, Theo. Ja, ich bin echt gestresst." Theo legte ihr die Hand auf die Schulter und führte sie zu dem grauen Elefantensofa.

„Magst du mir vielleicht erzählen, woher der Stress kommt?"

„Schon." Tabea machte eine kurze Pause. „Weißt du, nachdem du mir von diesem Ostrowsky erzählt hast, bin ich in sein Casino gegangen. Ich hab ihn sogar tatsächlich dort angetroffen und kam mit ihm ins Gespräch. Er schien sehr betrübt über den Tod von Guido Wyss, aber ich nehme ihm das nicht ab. Später bin ich dann nochmal mit Vivianne hin. Wir haben ihn wieder angetroffen. Da war er zwar freundlich und hat uns einen Drink spendiert, aber er war kurz angebunden. Dafür haben wir so einen kleinen Kerl beobachtet, wie der im Casino herumgeschlichen ist. Sein Verhalten war auffällig und er war mit Sicherheit kein normaler Casinobesucher. Es war einer von Ostrowskys persönlichen Wachhunden. Wir sind dann halt wieder abgezogen. Gestern wollte ich meinen Kopf klar kriegen und brauchte dazu ein wenig Ruhe. Mit dem Fall Guido Wyss bin ich keinen Zentimeter weitergekommen und ich habe beschlossen, ihn ad acta zu legen. Guidos Tod musste ein Unfall gewesen sein, etwas anderes ist nicht beweisbar. Ich musste aufhören, mich in die Sache zu verrennen. Am Sonntagmorgen bin ich dann auf den Zugerberg und wollte nach Walchwil wandern. War auch sehr schön und Ruhe hatte ich auch, bis zu dem Zeitpunkt, als ich das Gefühl nicht loswurde, dass mich jemand verfolgt. Und dann, ausgerechnet in einem kleinen dunklen Waldstück, hab ich ihn dann auch gesehen. Es musste Ostrowskys Wachhund gewesen sein: Dieser Steely Stan. Ich bin abgehauen, quer durch den Wald, dann ein Schuss und schon zischte eine Kugel knapp an mir vorbei. Gottlob war ich schon fast aus dem Wald heraus und kurz vor einem breiteren Wanderweg. Und da der liebe Gott schon einmal gnädig war, schickte er mir noch zwei Mountainbiker vorbei, die den Kerl wohl verscheucht und mich dann nach Walchwil begleitet haben. Aber die Angst sitzt mir noch immer in den Knochen und ich hab noch keinen Plan, wie ich sie wieder loswerden kann." Tabea schaute Theo verzweifelt an.

„Um Gottes Willen, Tabea", stieß Theo entsetzt hervor. „Du bist in Gefahr. Du darfst auf keinen Fall mehr alleine so etwas machen!"

„Was? Alleine wandern? Aber Theo, der Kerl kann mir doch überall auflauern. Oder in meine Wohnung einbrechen."

„Das stimmt. Am besten, du schläfst bei mir."

„Ja, das wär mir auch am liebsten."

„Und morgen sehen wir weiter."

„Ja, morgen sehen wir weiter."

Tabea Stocker war so dankbar, dass sie Theo an sich zog und ihm einen langen Kuss gab. Der wiederum drückte sie sanft ins Sofa zurück, küsste ihren Hals und fuhr ihr mit der Hand zart über die Brust. Tabea ließ ihn machen, bis sie beide nackt auf dem kleinen Elefanten lagen und sich ihre Körper unter leisem Stöhnen rhythmisch bewegten.

Der Wecker klingelte schon um halb sechs. Tabea öffnete nur widerwillig die Augen. Verstört schaute sie sich in dem fremden Zimmer um, bis sie Theos Atmen neben sich wahrnahm. Ja, klar. Sie war ja gestern Nacht bei ihm geblieben. Süß sieht er aus, wie er so da liegt, schlafend, wie ein unschuldiges Kind. Sie setzte sich halb auf, beugte sich über sein Gesicht und küsste ihn zärtlich auf die Wange.

„Hey, du", sagte er verschlafen. „Schon wach?"

„Mhm. Ich muss noch kurz nach Hause. Umziehen", flüsterte sie ihm ins Ohr.

Theo zog sie an sich. „Schade."

„Find ich auch." Sie küsste ihn auf die Brust. „Aber es hilft alles nichts. Ich muss. Kann ich noch schnell bei dir duschen?"

„Nur, wenn ich dabei sein darf."

„Plagegeist!"

Es war schon nach sechs, als sie in der Küche im Stehen noch einen Kaffee tranken.

„Schön hast du 's hier, wirklich schön eingerichtet. Mir gefällt dein Geschmack. Nicht zu viel und nicht zu wenig und trotzdem gemütlich."

„Na ja, man muss sich zu helfen wissen. Nach der Scheidung konnte ich keine großen Sprünge machen. Die meisten Möbel sind bei Marlene und den Kindern geblieben. Die zwei Sessel hab ich aus meinem ehemaligen Arbeitszimmer mitgenommen und auch die meisten Regale. Das Sofa und den Esstisch hab ich in der *Brockenstube* gefunden. Das Bett, in dem du gerade so schön gelegen hast, hab ich selbst gebaut."

„Umso mehr ein dickes Lob, wie du das hingekriegt hast. Ich find's auf jeden Fall sehr gemütlich."

„Danke sehr! Und wie fühlst du dich heute Morgen? Du hast mir einen schönen Schrecken eingejagt mit deinem Wanderabenteuer. Versprich mir, dass du ganz arg vorsichtig bist", sagte er eindringlich.

„Ich fühle mich schon viel, viel besser. Dank dir." Sie gab ihm einen Abschiedskuss. „Und ich verspreche dir, dass ich vorsichtig sein werde. So gut das eben geht. Aber schließlich bin ich Oberleutnant bei der Polizei. Da bin ich geschult, mit Gefahr umzugehen. Ich habe nur nicht in dieser Situation damit gerechnet. Ich bin noch nie in meinem Privatbereich bedroht worden."

188

„Geh trotzdem lieber nicht abends alleine aus. Ich hol dich jederzeit gerne ab und begleite dich."
„My personal bodyguard. *Mega* lieb von dir, Theo. Ich sag dir dann Bescheid. Aber jetzt muss ich los. Wir hören voneinander."

Kapitel 22

Es war noch frisch so früh am Morgen. Nebel kauerte auf den Spielwiesen des gegenüberliegenden Sportplatzes, aber es war absehbar, dass die Sonne ihn bis zum Mittag auflösen und Klarheit und Wärme bringen würde. Tabea Stocker fühlte sich schon fast wieder ganz sie selbst, als sie auf der anderen Straßenseite von Theos Haus einen schwarzen Subaru stehen sah. Jetzt bloß nicht paranoid werden, sagte sie sich und radelte auf kürzestem Weg nach Hause. Schnell zog sie sich ihre Arbeitskleidung an und fuhr direkt zur Dienststelle weiter. Unterwegs sah sie sich mehrmals um, aber sie konnte keinen schwarzen Wagen mehr entdecken. Im Büro war sie heute die Erste. Sie öffnete ihre Schreibtischschublade und betrachtete ihre Schusswaffe, die da brav im Holster lag. Vielleicht wäre es besser, sie aus ihrem Winterschlaf zu wecken. Sie schob die Lade wieder zu und ging in die Teeküche, um sich einen Kaffee zu holen. Dann kramte sie in den Schubladen auf der Suche nach etwas Essbarem und wurde auch fündig. Irgendein guter Geist hatte eine Schachtel mit Schoko*guetzli* dort hingelegt. Sie nahm sich zwei davon und legte sie auf eine Untertasse, als sie eine Tür zufallen hörte. Erschrocken ging sie auf den Gang, konnte aber niemanden sehen. Sie ließ Kaffee und *Guetzli* stehen und ging leise den Gang hinunter. Links hinter der Abtrennung waren weder Beat noch Sylvia zu sehen. Rechts war Rogenmosers Büro. Sie schaute durch die Glaswand. Es war niemand zu sehen. Plötzlich tauchte ein Kopf vor ihr auf. Stocker hätte fast einen Satz nach hinten gemacht. Es war Rogenmoser. Er musste wohl seine Aktentasche auf den Boden gestellt haben, so dass ihn Stocker zunächst nicht sehen konnte. Er schaute sie durch das Glas überrascht an und winkte sie dann zu sich hinein. Sie teilte ihm gestikulierend mit, dass sie sich noch ihren Kaffee holen wolle. Er hob die Hand und streckte zwei Finger in die Höhe. Stocker nickte.

„Schön, dass wir uns mal wieder treffen", begann Rogenmoser. „Ich hatte leider viele Außentermine in letzter Zeit, aber ich hab ja dafür gesorgt, dass es dir nicht langweilig wird, oder?", meinte er grinsend.
„Du meinst die Lektüre?"
„Ja. Was denn sonst. Wie weit bist du?"
„Ich würde sagen, so die Hälfte bis Dreiviertel bin ich durch."
„Und? Was gelernt?"
Tabea Stocker kam sich vor wie in der Schule. Wollte Rogenmoser sie jetzt abfragen?
„Wer liest, lernt immer etwas", erwiderte sie zunächst störrisch. „Das Thema mit der *Geldwäscherei* und den neuen Strategien dagegen fand ich sehr spannend. Am wichtigsten scheint es mir, dass die

Zusammenarbeit zwischen Finanzinstituten, der Politik und unserer Behörde besser funktionieren muss, damit wir bei der Bekämpfung der *Geldwäscherei* Fortschritte machen können."

„Hätte von mir sein können, der Satz", fand Nikolas Rogenmoser. „Aber im Ernst. Wenn es hier irgendwo Schwachstellen gibt, dann werden wir nie vorwärts kommen. Schau dir aber bitte die Strategien im Hinblick auf eine Weiterbildung für unsere Mitarbeiter mal genauer an. Welche neuen Richtlinien hat es gegeben? Welche Möglichkeiten ergeben sich für uns? Auf welcher Ebene wird was abgehandelt, wer ist zuständig und so weiter. Du weißt schon. Bereite bitte grob die Inhalte für ein Paper für unsere Dienststelle vor. Ich werde die Weiterbildung vorbereiten. Wenn's geht, dann mach das Paper so, dass ich daraus ein paar schöne Folien für den Overhead-Projektor herausziehen kann." Und wieder dieses Grinsen. Etwas Gutes hatte es aber: Dieser Auftrag würde sie zumindest den heutigen Tag über etwas ablenken.

Gegen Mittag rief Tabea Vivianne an. Sie hatte Redebedarf.

„Wie wär's wieder mal mit einem gemeinsamen *Zmittag?*"

„*Hoi*, Tabea. Schön von dir zu hören. Viel Zeit hab ich nicht, aber ich könnte dir einen schnellen Lunch bei der Bäckerei Wegbeck anbieten. Da kann man draußen sitzen und die haben eine große Auswahl an vitaminreichen Gerichten."

„Wegbeck? Wo ist denn das?" Tabea war skeptisch.

„Nicht weit von hier. Ich hol dich ab. Gegen zwölf Uhr?"

„Ja, super. Ich freue mich."

Sie hatten Glück und konnten ihre vollgeladenen Tabletts auf einem der Holztische vor dem Café abladen. Zwei Plätze waren gerade noch frei. Obwohl das Café an der viel befahrenen General-Guisan-Strasse lag, war man vom Verkehrslärm durch einen begrünten Erdhügel etwas geschützt. Hier hatten die Landschaftsgärtner - oder waren es die Architekten? - mitgedacht.

„Scheint beliebt zu sein", stellte Tabea Stocker fest.

„Kann man wohl sagen." Vivianne nahm ihr Essen und Trinken vom Tablett. Tabea tat es ihr gleich.

Sie hatte Vivianne schon auf dem Weg zum Café von ihrem Abenteuer auf dem Zugerberg erzählt.

„Also echt, Tabea. Warum sollte Ostrowsky dir denn Angst einjagen? Ich verstehe das nicht."

„Vielleicht nicht nur Angst einjagen, Vivianne. Vielleicht umbringen! Ich kann dir sagen, ich hatte richtig Panik. Ich muss einfach herausfinden, was dahintersteckt, sonst hab ich keine Ruhe mehr." Stocker trank einen großen Schluck Wasser, als ob sie ihre Angst damit hinunterspülen könnte.

„Und wie willst du das herausfinden?"

„Gute Frage, nächste Frage."

„Konnten deine Kollegen in Zürich denn etwas mit meinem Foto von dem Typen im Casino anfangen?"

„Nein, leider kein Treffer. Aber der Ostrowsky ist im Visier der Zürcher Wirtschaftskripo. Die können ihm bisher aber auch nichts nachweisen."

„Und dass du deinem Chef von dem Vorfall erzählst?"

„Weiß nicht. Ich habe den Eindruck, der will da jetzt nichts mehr hören. Der reißt mir eher den Kopf ab, wenn er erfährt, dass ich weiter ermittle. Und wenn ich ihm von der Verfolgung erzähle, dann weiß er, dass die nicht von ungefähr kommt. Vielleicht sollte ich in die Höhle des Löwen und noch einmal pokern."

„Du bist verrückt. Tabea, das machst du nicht und schon gar nicht allein."

„Du kannst mich gern begleiten", schlug Tabea halb ironisch vor und schob sich eine Gabel Salat in den Mund. Vivianne schien nicht begeistert.

„Immerhin hat der Theo mich gestern noch beruhigen können", gestand Tabea und grinste frech dabei.

„Ach so! Jetzt kommt's raus. Ihr trefft euch also?" Viviannes Ohren waren voll auf Empfang.

„Trefft euch, ist zu viel gesagt. Ich hab ihn gebraucht gestern und er hat mich nicht im Stich gelassen. Er ist schon ein Süßer, oder?"

194

„Ja, der Theo ist in Ordnung. Ob er süß ist, kann ich nicht beurteilen. Ich hab noch nicht gekostet." Vivianne lachte. „Ich freue mich auf jeden Fall für dich, dass du jemanden an deiner Seite hast."

„Jetzt übertreib doch nicht immer so. An meiner Seite hab ich ihn noch lange nicht. Es war einfach nur schön gestern und er hat mich mächtig beruhigt, *im Fall*." Stocker bockte mal wieder.

Kurz vor Feierabend überprüfte Tabea Stocker ihr Tagewerk. Sie hatte ein kompaktes zweiseitiges Paper zusammengestellt und sechs übersichtliche Folien kreiert. Rogenmoser hatte keinen Grund zu mosern. Stocker war zufrieden. Bei der Zusammenfassung der neuen Richtlinien und Möglichkeiten zur Verhinderung von Geldwäsche war ihr aufgefallen, dass Casinos leichter kontrollierbar würden, weil die Behörden mehr Transparenz verlangten. War Ostrowsky dadurch unter Druck geraten?

Sie packte ihre Sachen zusammen und fuhr den Computer herunter. Beat und Sylvia waren schon gegangen und Rogenmoser war seit zwei Stunden irgendwo an einer Sitzung. Sie würde ihm ihre Arbeitsergebnisse morgen vorlegen.

Draußen war es noch immer warm und sonnig. Tabea wäre gerne noch ein bisschen an den See gegangen, ihre Anspannung wegschwimmen und anschließend noch in der Sonne baden. Sehnsüchtig schaute sie in Richtung See, besann sich dann aber eines Besseren und radelte in die Migros, um ihren stark vernachlässigten Kühlschrank wieder aufzufüllen.

Das Velokörbchen voll geladen und an jeder Lenkerseite einen *Einkaufsack*, kam Tabea eine Stunde später bei sich zuhause an. Sie hatte ihre Lebensmittel gerade verstaut, als ihr Blick durch das Küchenfenster auf die kleine Straße vor ihrem Haus fiel. Da war er wieder. Wie ein schwarz gepanzerter Riesenkäfer hockte der Subaru vor dem Zaun des Nachbargrundstücks. Stocker schaute genauer hin, es war aber nicht zu erkennen, ob jemand drin saß. Als es plötzlich klingelte, zuckte sie erschrocken zusammen. Mein Gott, dachte sie, schockiert über ihre Reaktion. Tabea, du bist Oberleutnant bei der Zuger Polizei. Reiß dich zusammen.

„Ja, bitte?", erkundigte sie sich durch die Sprechanlage.

„Guten Tag, Frau Stocker", kam es ihr mit osteuropäischem Akzent entgegen. „Mein Name ist Stanislav Zakayev." Tabea hatte nicht vor, ihn hereinzulassen. „Was wollen Sie?", fragte sie kurz angebunden. „Herr Ostrowsky hat mich beauftragt, Ihnen mitzuteilen, dass er Sie gerne im Restaurant am Hafen zu einem Apéro einladen würde. Um sieben wird er dort sein. Er will Ihnen einige interessante Informationen über den Tod von Guido Wyss geben und er wird auch Beweise mitbringen. Was halten Sie davon? Kann ich Herrn Ostrowsky ausrichten, dass Sie kommen werden?"

Tabea Stocker verschlug es die Sprache.

„Hallo?", klang es wieder aus der Sprechanlage.

„Gut," entschied sie, „ich werde da sein. Sieben Uhr, Hafenrestaurant."

„Sehr gute Entscheidung, Madame." Steely Stan zeigte sich heute von seiner zivilisierten Seite.

Mit tausend Fragezeichen im Kopf, was Ostrowsky wohl von ihr wollte, betrat Tabea Stocker das Restaurant um Punkt sieben. Zakayev hatte sie weder verfolgt noch angegriffen. Der Subaru war nirgendwo mehr zu sehen gewesen. Entweder hatte sich der Terrier in Luft aufgelöst oder er hielt sich dezent im Hintergrund. Trotzdem blieb sie in Alarmbereitschaft.

Ostrowsky saß an einem Zweiertisch direkt am Fenster mit Blick auf den See. Als er sie sah, winkte er sie mit seiner Bärentatze zu sich und kurz bevor Stocker am Tischchen ankam, erhob er seinen massigen Körper und streckte ihr freundlich lächelnd die Hand entgegen.

„Oberleutnant Stocker. Schön, dass Sie meiner Einladung folgen konnten. Bitte, setzen Sie sich."

Er wies ihr den Stuhl ihm gegenüber mit Blick gen Westen zu. Tabea Stocker, die den Gruß erwidert hatte, setzte sich. Die Sonne stand mittlerweile so tief, dass sie geblendet wurde. War das Absicht?

„Was möchten Sie trinken?", kam der Bariton von gegenüber.

„Einen Hugo", entschied Stocker.

„Zwei Hugos." Ostrowsky konnte dem Kellner, der an ihnen vorbeihuschen wollte, gerade noch die Bestellung zurufen.

„Herr Ostrowsky. Ich bin überrascht, dass Sie meine Adresse und meinen Dienstgrad kennen. Ich kann mich nicht erinnern, dass wir in Zürich darüber gesprochen haben."

„Ja, ich muss gestehen, dass ich einige Erkundigungen über Sie eingeholt habe. Wissen Sie, ich wollte schon früh wissen, ob man im Fall Wyss ermittelt und wer dafür zuständig war. Die Anzahl der Mitarbeiter bei der Zuger Kriminalpolizei hält sich in Grenzen und als Sie in meinem Casino aufgetaucht sind und wir über Zug und Guido gesprochen haben, kam mir Ihr Name bekannt vor. Also überprüfte ich das noch einmal und … ins Schwarze getroffen! Den Rest übernahm mein Mitarbeiter, mit dem Sie ja auch schon Kontakt hatten."

„Haben Sie ihn mir auf den Hals gehetzt?"

„Es tut mir sehr leid. Er sollte Sie nur beschatten, nicht bedrohen. Manchmal agiert er etwas übermotiviert."

Wie ein Schlichtungsangebot erschienen die Getränke auf dem Tisch. Tabea nahm sofort einen Schluck. Sie war empört, wusste nicht mehr, was sie sagen sollte. Schließlich versuchte sie die weiteren Fragezeichen, mit denen sie ins Restaurant eingetreten war, aufzulösen.

„Warum lassen Sie mich beschatten? Und warum hat Ihr 'Mitarbeiter' auf mich geschossen?"

„Beruhigen Sie sich, Frau Stocker. Bitte." Ostrowsky schaute sich um.

„Sie haben Nerven! Beruhigen! Ich beruhige mich erst, wenn ich Antworten von Ihnen bekomme, Antworten, die mir einleuchten und gewährleisten, dass das nie wieder vorkommt."

„Wie gesagt: Stanislav hätte nie auf Sie schießen sollen. Ich habe ihm diesbezüglich schon kräftig den Kopf gewaschen. Was die Beschattung anbetrifft, habe ich Ihnen damit vielleicht einen großen Gefallen getan." Er ließ seine Worte auf Stocker wirken. Die schaute ihn mit großen Augen an.

„Nun, Sie treffen sich mit Theo Landtwing. Und ich möchte Ihnen Informationen über Ihren netten Freund geben." Ostrowsky zog einen Briefumschlag aus seiner Jackentasche und zog drei Fotos daraus hervor.

„Diese Fotos hat Stanislav am Abend des Bootsunfalls von Guido Wyss gemacht. Ich war skeptisch geworden nach unserem Telefonat damals und habe Stanislav losgeschickt." Er schob die Fotos über den Tisch zu Stocker. „Sehen Sie sie in Ruhe an."

Tabea Stocker zog das erste Foto näher an sich heran. Es war ein Bild vom Freizeithafen, Guido Wyss war dabei, sein Boot startklar zu machen, und schien sich mit jemandem zu unterhalten, der auf dem Bootssteg stand. Dieser Jemand war eindeutig Theo. Tabea erschrak. Sie zog das zweite Foto zu sich. Ähnliche Situation, nur reichte Theo dem Wyss eine Tasche. Auf dem dritten Bild bestieg Theo das Boot. Es sah allerdings so aus, als ob die beiden stritten. Tabea Stocker blieb ein weiteres Mal die Sprache weg. Der Theo, dachte sie. Der hat mich belogen. *Schon ewig nicht mehr mit Wyss gesegelt*. Was sollte das?

„Wollen Sie mir damit sagen, der Theo hätte den Wyss umgebracht?"

Ostrowsky nickte nur.

„Woher weiß ich, dass die Bilder wirklich an diesem Tag gemacht wurden?"

„Digitale Kamera. Sie hält Datum und Uhrzeit fest. Können Sie gerne überprüfen."

„Hm. Werde ich. Aber es ist kein Beweis für ein Gewaltdelikt, das wissen Sie?"

Ostrowsky nickte wieder. Ein Beweis war es nicht, aber er hatte Zweifel gesät. Er war zufrieden.

„Was erwarten Sie von mir?", fragte Stocker.

„Ich erwarte, dass Sie in die richtige Richtung ermitteln und mich in Ruhe lassen mit Ihren Verdächtigungen." Er war schroff geworden. Das war eine klare Ansage.

„Wenn Sie den Zakayev abziehen, haben wir einen Deal", verlangte Stocker im Gegenzug.

Kapitel 23

Niemand war ihr gefolgt, keiner hatte versucht, sie zu erschießen und trotzdem fühlte sich Tabea verunsichert und verwirrt. Sie hatte sich auf ihrem gelben Sofa niedergelassen wie auf einer sicheren Insel, ein Kissen im Arm. Theo Landtwing hatte sie angelogen. Es fiel ihr jetzt wie Schuppen von den Augen. Er hatte sie auf die Fährte zu Ostrowsky gesetzt. Hatte er auch ihr Vertrauen missbraucht? Ihre Gefühle? Stocker konnte sich einfach nicht vorstellen, dass sie sich derart getäuscht haben sollte. Zudem waren die Fotos von Ostrowsky auch kein Beweis dafür, dass Theo seinen Freund getötet hatte. Aber eines war dennoch sicher: Theo verschwieg ihr einiges. In dieser Beziehung hatte Ostrowsky leider recht: Sie musste der Sache nachgehen.

„Gute Arbeit, Tabea." Hauptmann Rogenmoser begrüßte sie am nächsten Morgen, die Unterlagen, die sie ihm am Vorabend hingelegt hatte, in der Hand.

„Danke, Chef. Ich hoffe, du kannst die Power-Point-Folien gebrauchen."

„Ja, ganz bestimmt. Sind doch super geworden. Kannst du in etwa einer halben Stunde in mein Büro kommen, Tabea? Ich möchte das weitere Vorgehen mit dir besprechen."

Stocker nickte. „Klar, mach ich."

Während sie ihre Unterlagen sortierte, entschied sie, dass sie mal wieder dringenden Gesprächsbedarf in anderer Angelegenheit hatte und der war nicht von Rogenmoser abzudecken. Sie griff zum Telefon und verabredete sich mit Vivianne zum Lunch.

Es war noch einmal ein recht heißer Tag geworden. Tabea Stocker hatte das Strandbad-Restaurant vorgeschlagen. Dort war es schattig und man konnte nach dem Essen zumindest noch die Füße im See abkühlen.

Vivianne war noch nicht eingetroffen, als Tabea Stocker im Strandbad ankam. Sie hatte sich allerdings auch so früh wie irgend möglich aus dem Amt geschlichen. Es tummelten sich viele kleine Kinder, Mütter, Großmütter oder Großväter und nur wenige Männer im mittleren Alter auf den Liegewiesen, an den Kinderbecken und im See. Am Becken für die Kleinkinder war gerade ein mächtiges Geschrei zu hören. Anscheinend war Privateigentum für die Kleinen ein noch nicht wirklich verinnerlichtes Konzept. Ein Kind hatte sein *Schüfeli* unbeaufsichtigt im Sand liegen lassen und ein anderes glaubte sich berechtigt, es als seines an sich zu nehmen, was dem Kind, das es hierher gebracht hatte, nun gar nicht passte.

Stocker hörte plötzlich einen Pfiff und drehte sich in die Richtung, von wo er kam. Der Bademeister hatte jemanden aus dem Wasser gepfiffen. Und der Bademeister war doch tatsächlich heute wieder der äußerst gut aussehende Beachvolleyballspieler. Tabea beobachtete das Geschehen und als der Regelbrecher wütend abgedampft war, ging sie hinunter auf den Steg, wo der Aufseher sein *Plätzli* hatte.

„Na, heute sind Sie ja schwer im Einsatz, wie ich sehe," sprach ihn Stocker mit Betonung auf 'Sie' an, in der Hoffnung, dass er sie wiedererkennen würde.

„Die schwimmende Frau Oberleutnant! *Grüezi*, schön Sie zu sehen. Wie geht es Ihnen? Ist Ihr Einsatz schon beendet?"

„Der Einsatz, für den ich vor Kurzem ins Wasser gesprungen bin, ist auf gutem Weg", wich sie aus. „Aber heute hab ich mal Zeit für eine Mittagspause. Sind Sie eigentlich jeden Tag hier im Dienst?"

„Nein, nur dreimal die Woche. Nebenverdienst."

„Okay, und was machen Sie im Hauptverdienst?"

Der Bademeister musste lachen.

„Das ist es ja eben. Das, was ich beruflich und aus Leidenschaft mache, das bringt mir leider nicht genug ein, um auf solche Nebenjobs zu verzichten."

„Und was ist das, was Sie beruflich und aus Leidenschaft machen?" Stocker beharrte auf einer Antwort.

„Ich bin Maler und Bildhauer."

„Oh je, ja, da ist es nicht leicht, genug Geld zu verdienen, um ein sorgenfreies Leben zu führen.

Außer man hat Glück und wird noch vor dem Ableben berühmt."

„Tabea." Vivianne war eingetroffen und machte vom Restaurant aus auf sich aufmerksam.

Stocker drehte sich um und signalisierte ihr, dass sie gleich komme.

„Ja dann", meinte der Maler-Bademeister. „Bleibt mir nur, Ihnen einen guten Appetit zu wünschen."

„Danke, danke. Den hab ich. Und ich wünsche Ihnen noch einen regelbruchfreien Tag und einen reichen Mäzen oder eine Mäzenin." Stocker lächelte ihn an und winkte ihm noch kurz zu, bevor sie, betont die Hüften schwingend, zum Restaurant zurückging.

Vivanne Betschart stand schon in der Schlange vor der Essensausgabe.

„Sei so nett und bestell für mich gleich mit, ja?"

„Was willst du?"

„Den Salatteller mit *Thon* und ein *Mineral*."

Nachdem Vivianne das Tablett mit dem *Zmittag* auf den Tisch gestellt und jeder seinen Teller und das Getränk vor sich platziert hatte, legte Tabea auch schon gleich los:

„Du glaubst nicht, was mir gestern passiert ist."

„Warst du etwa wieder im Casino? Allein?"

„Nein, natürlich nicht. Viel spannender: Der Casinobesitzer kam zu mir!"

Vivianne blieb für einen Moment der Mund offen stehen. Dann kaute sie weiter, ohne den Blick von Stocker abzuwenden.

„Und noch verrückter: Er hat mir seinen Wunsch, mich im Hafenrestaurant mit ihm zu treffen, durch seinen durchgeknallten Terrier überbringen lassen."

„Wie jetzt?"

„Der kam zu mir nach Hause, hat geklingelt. Ich hab ihn natürlich nicht reingelassen. Ich hatte dieses schwarze Auto, das in der letzten Zeit immer wieder mal in meiner Nähe auftauchte, von der Küche aus schon gesehen und war misstrauisch. Es hat mich nicht sonderlich überrascht, dass es das Auto vom Terrier war, wie sich dann herausstellte. Auf jeden Fall hat er mir durch die Sprechanlage mitgeteilt, dass mich sein Gebieter im Restaurant am Hafen erwarte. Dann ist er abgezogen. Ich hab mich umgezogen und bin dorthin."

„Warum, in Herrgotts Namen, hast du mich nicht angerufen. Ich wär sofort mit. Wenigstens in der Nähe hätte ich mich aufhalten können. Da hätte doch sonst was passieren können. Du spinnst echt, Tabea."

„Das war nicht nötig, Vivianne. Im Gegenteil: Nach dem Gespräch hat er seinen Verfolgungsauftrag zurückgenommen. Aber der Hammer kommt ja erst noch."

Vivianne schaute fragend.

„Hat er dich schmieren oder als Croupier engagieren wollen?"

„Blödsinn. Nein. Er hat mir Fotos gezeigt. Fotos, auf denen Guido Wyss zusammen mit Theo auf dem Bootssteg zu sehen sind. Und zwar an dem Abend, an dem Guido Wyss später ertrunken ist."

„Nein!"

„Doch! Und ich bin mir sicher, dass der Zeitpunkt stimmt, weil der Wyss genau die Kleider anhatte, mit denen er mir auf dem SUP-Brett quasi zugeführt wurde."

„Das gibt's doch gar nicht!" Vivianne war entsetzt. „Aber was heißt das denn genau?"

„Es heißt auf jeden Fall, dass der Theo ein verdammter Lügner ist. Er hat mir gesagt, er sei schon seit Jahren nicht mehr mit dem Wyss gesegelt, und auf einem der Bilder kann man sehen, wie er gerade auf das Boot steigt. Das ist ein eindeutiger Beweis. Und wie er mir den Ostrowsky untergejubelt hat. Das wird mir auch erst jetzt klar, dass er damit eigentlich von sich ablenken wollte. Der wollte mir gar nicht helfen, den Tod seines lieben Freundes Guido aufzuklären. Und dass er mich damit in Lebensgefahr gebracht hat, das war ihm offensichtlich auch egal." Stocker stach ihre Gabel mit Wucht in den *Thon*.

„So etwas ist mir in Zürich nie passiert. Ich wurde manchmal beschimpft, sogar bespuckt. Ich hab auch einige Hiebe abgekriegt, wenn sich Leute gegen ihre Festnahme gewehrt haben. Aber dass man mich in meiner Freizeit verfolgt und auf mich schießt und dass man mich persönlich benutzt und belügt, das ist echt neu. Und ich dachte, ich hätte in Zug ein friedlicheres Leben."

206

„Jetzt zieh bitte noch keine voreiligen Schlüsse, Tabea. Vielleicht lässt sich das ja alles klären. Wer hat die Fotos überhaupt gemacht? Und was hat dieser Jemand danach gemacht? Hast du dich das auch schon mal gefragt?" Tabea Stocker steckte ein Stück *Thon* in den Mund und starrte wütend vor sich hin. Eine Weile sagte keine der beiden etwas. Schließlich nahm Stocker einen Schluck Wasser und schaute Vivianne Betschart an. „Auf jeden Fall muss ich mit Theo reden. Am besten heute noch."

„Soll ich mitkommen?"

„Und sonst noch was! Vielen Dank. Das schaff ich schon alleine," meinte Tabea entschieden, worauf Vivianne nur mit den Schultern zuckte.

Den Nachmittag verbrachte Tabea Stocker im kühlen Büro Rogenmosers. Die Jalousien waren heruntergelassen und ließen gerade genug Licht in den Raum, dass die beiden ihre Unterlagen ohne Mühe lesen konnten.

„Also die Informationsbroschüre, die du entworfen hast, finde ich sehr gut, Tabea. Aber für eine Fortbildung braucht es noch ein wenig mehr Pädagogisches, etwas Fesselndes, Motivierendes. Hast du dir da auch schon Gedanken gemacht?"

„Wie viele Leute werden denn an der internen Fortbildung teilnehmen?"

„Natürlich Beat und Sylvia und dann würde ich gerne noch jeweils eine Person aus den anderen

Abteilungen dazu holen. Macht circa zehn bis zwölf Personen."

„Ich hab mir vorgestellt, man könnte zunächst anhand von konkreten Beispielen Geldwäsche darstellen. Was ist das für Geld, das gewaschen werden muss? Wo kommt es her? Wie kann man es verstecken und schließlich in die Legalität überführen. So was halt."

„Ja gut, hast du solche Beispiele?"

„Ich werde versuchen, einige zusammenzustellen. Wir haben ja genug Material bekommen und im Internet findet sich vielleicht auch noch was. Ein Beispiel schwebt mir da auch schon vor."

„Ach ja?"

„Stell dir vor: Das System der Sowjetunion bricht zusammen. Einige Leute haben das Glück, zur richtigen Zeit am richtigen Ort zu sein. Sie sind in der Lage, Volkseigentum in privates Eigentum umzuwandeln und nutzen ihre neuen Kontakte zum Ausland, um ihre Gewinne am Staat vorbei aus dem Land zu schleusen und als ihnen dieser Staat auf die Schliche kommt, setzen sie sich ab. Ihr gestohlenes Vermögen haben sie in Steueroasen auf verschiedene Briefkastenfirmen verteilt und diese Firmen kaufen zum Beispiel Immobilien in der Schweiz, in Deutschland oder gerne auch auf Zypern, wo sie gleich noch die begehrte EU-Staatsbürgerschaft dazu erhalten. Oft werden hohe Summen für die Immobilien gezahlt, höher als üblich, aber das kümmert den Besitzer nicht.

Wenn er die Immobilie nach einigen Jahren wieder verkauft, ist möglicherweise der Verkaufswert gestiegen. Und selbst wenn nicht, bekommt er sauberes Geld zurück. Eine seiner anderen Firmen kauft zum Beispiel ein Casino. Casinos werden zwar sehr gut kontrolliert, aber es gibt dort auch kleinere Schlupflöcher in der Buchhaltung, die aus dem gestohlenen Vermögen sauberes Geld machen. Wichtig ist aber der Kauf des Casinos selbst, das wie jede andere Immobilie bei Weiterkauf sein Geld wiederum wäscht."

„Du denkst da jetzt aber nicht an diesen Ostrowsky, der in Zug so stark an der *Schützenmattwiese* interessiert ist, oder?"

„Sicher nicht. Wo denkst du hin?", wehrte sich Stocker. „Es ist doch nur ein Beispiel." Dann fuhr sie unbeirrt fort: „Wie man an diesem Beispiel aber gut sieht, ist es äußerst schwierig nachzuverfolgen, woher das Geld jeweils stammt. Außerdem: Wenn jetzt zum Beispiel die Schweiz einer solchen Person Aufenthaltsrecht erteilt und diese Person in der Schweiz ordentlich ihre Steuern bezahlt, sind wir dann überhaupt befugt, zu überprüfen, woher das Geld stammt, das diese Person so großzügig hier ausgibt? Und ist der politische Wille überhaupt da? Schließlich ist es das Heimatland, dem diese Person finanziell geschadet hat. Die Schweiz aber profitiert. Wo wollte, wo könnte und wo dürfte man also ansetzen?"

„Das ist ja schon mal gar nicht so schlecht," sagte

Rogenmoser und überlegte.

„Aber du hast recht. Wir hier in der Schweiz sind vorrangig daran interessiert, dass viele Firmen ihr Geld hier investieren und *unser* Staat nicht um Geld betrogen wird. Andererseits haben wir mit dem Image zu kämpfen, zu lange sogar den übelsten Diktatoren ein Nummernkonto zugestanden zu haben. Wir sind also angehalten, international zu kooperieren und auffällige Geldtransaktionen zu untersuchen und zu melden."

„Ja, super! Deswegen schließen die, die uns zur Kooperation und Offenheit zwingen, ihre eigenen Steueroasen aber noch lange nicht."

„Das sei einmal dahingestellt. Aber im Prinzip bin ich ja auch dafür, dass wir hier in der Schweiz keine unsauberen Geschäfte zulassen. Also lass uns mit deinem Beispiel weitermachen. Wie könnten wir diesem Casinobesitzer nachweisen, dass sein Geld gestohlen ist?"

„Die Finanzinstitute, über die das Geld fließt, müssen bereits schon Meldung erstatten, wenn große Summen an Geld hierherkommen oder weitergeleitet werden sollen. Es muss möglich werden, den Weg des Geldes genau nachzuverfolgen. Es reicht aber nicht aus, Meldung zu erstatten. Das bleibt dann nur in der Bürokratie hängen. Kleine Fische, wo offensichtlich etwas nicht stimmen kann, werden dann zwar im Netz landen, aber die großen Haie haben viel bessere Möglichkeiten, sich zu verstecken. Es braucht also bessere

Kontrollmöglichkeiten und genau darauf zielen jetzt die neuen Richtlinien ab."

„Und davon sind wir betroffen. Wir bekommen jetzt weitreichendere Mittel an die Hand, um die Geldströme zu prüfen. Wesentlich dabei ist die Vernetzung der verschiedenen Institutionen mit den Behörden."

„Genau."

„Ja, das ist doch gut. Und da komm ich ins Spiel und erläutere anhand deiner hübschen Präsentation, welche Möglichkeiten wir in Zukunft haben und wie wir sie einsetzen können." Rogenmoser fuhr sich zufrieden über den Bauch.

„Ich hol uns noch einen Kaffee. Okay?" Tabea Stocker stand auf.

„Ja, ja. Bring mir einen mit."

In der Teeküche zückte Stocker ihr Handy und schrieb eine Nachricht an Theo Landtwing. Hoffentlich hatte der *Sauchaib* heute Abend auch Zeit für sie.

Nach ihrer Rückkehr in Rogenmosers Allerheiligstes vergingen keine fünf Minuten, bis ihr Handy vibrierte. Heimlich, als Rogenmoser gerade mit dem Auflegen einer Folie beschäftigt war, schaute Tabea Stocker auf das Display ihres Handys:

„Passt mir gut. Bin ab sechs beim Wohnwagen auf dem Campingplatz am Brüggli. HG Theo."

Na, der wird sich wundern, dachte Stocker.

Kapitel 24

Um Punkt fünf Uhr verließ Tabea Stocker ihre Dienststelle, fuhr mit dem Velo nach Hause, zog sich um, packte ihre Badesachen und machte sich auf den Weg zur Badestelle beim Brüggli. Ungeduldig bahnte sie sich ihren Weg durch den Verkehr, wofür sie mehr als einmal angehupt wurde. Gegen halb sechs lag sie schließlich im Badeanzug auf ihrem Handtuch am See und versuchte sich zu entspannen. Das wäre ihr wohl nicht so gut gelungen, wenn da nicht vor ihr plötzlich der ihr bekannte Luxuskörper langsam und lustvoll ins Wasser eintauchte. Sein braungebrannter, muskulöser Rücken war vom Volleyballspielen in Schweiß gebadet und glänzte in der Sonne verführerisch wie ein *Caramelzeltli*. Stocker schmolz dahin. Als der Körper vollends im Wasser verschwunden war und der Volleyball spielende Künstler-Bademeister in beachtlicher Geschwindigkeit Richtung Seemitte hinausschwamm, schaute Stocker auf die Uhr. Es war noch deutlich vor sechs und recht warm. Bevor ich Theo mit seinen Lügengeschichten konfrontiere, kühl ich mich lieber noch ein wenig ab, dachte sie vernünftigerweise und folgte dem Luxuskörper in den See. Nicht, dass sie ihn noch eingeholt hätte, was auch nicht ihre Absicht war, aber vielleicht würde er sie ja auf seinem Rückweg sehen. Sie schwamm an zwei Schwänen vorbei ein Stück nach links, drehte und schwamm nach rechts, mal auf dem Bauch, mal auf dem Rücken, und genoss die Aussicht auf die Stadt und den Zugerberg in der einen Richtung und auf den markanten Kirchturm der Chamer Kirche in der anderen. Wendete sie sich gen Süden, sah sie seinen Kopf, der aus der Ferne langsam näher kam. Jetzt schwamm ihm Stocker ein Stückchen entgegen.

„Oh, die Frau Kommissarin! *Grüezi*“, begrüßte er sie, als er bis auf wenige Meter an sie herangekommen war. „Wir sehen uns ja recht häufig in letzter Zeit.“

„Oberleutnant, Herr Bademeister.“ Sie lachte ihn keck an.

„Aushilfsbademeister, Frau Oberleutnant.“

„*Grüezi*, Herr Künstler, Aushilfsbademeister und Beachvolleyballspieler Andrea Masi.“

„Woher wissen Sie meinen ...“ Weiter kam er nicht.

„Ich bin schließlich die Polizei.“

„Und Sie sind Tabea?“

Jetzt war es Stocker, die sich wunderte, woher er ihren Namen wusste.

„Ihre Freundin war neulich im Strandbad kaum zu überhören. Schwimmen wir zurück? Ich muss nämlich gleich weg. Und Sie? Suchen Sie wieder nach Leichen hier im See?“ Er zwinkerte ihr charmant zu.

„Nein. Heute eher nach Alibis, und auch nicht im

See, sondern am Ufer."

Sie waren zu Stockers Leidwesen bereits dort angelangt.

„Aha. Na, dann da wünsche ich Ihnen viel Erfolg."

Was blieb Stocker anderes übrig, als sich artig zu bedanken.

„Ja, Ihnen auch noch einen schönen Abend." Sie lächelte ihm zum Abschied noch einmal zu und bildete sich ein, auf seinem Gesicht ebenfalls ein Lächeln zu erkennen.

Zurück auf ihrem Liegeplatz, schaute sie auf die Uhr. Zehn nach sechs. Sie trocknete sich ab, zog sich um und wickelte ihren Badeanzug in das Handtuch. Dann packte sie alles zusammen und ging hinüber zum nahen Campingplatz.

Theo saß vor seinem Wohnwagen, sein Laptop aufgeklappt vor sich auf dem Tischchen, rechts daneben brannte ein Grillfeuer.

„*Hoi*", rief ihm Stocker zu. Er schaute auf.

„*Hoi*, Tabea. Schön, dass du mich besuchst." Theo stand auf. „Wie geht es dir? Hast du den Schock von letztem Sonntag überwunden?"

Tabea Stocker setzte ihre Tasche vor dem Tischchen ab und ließ sich auf einen der beiden Campingstühle fallen. Die Begrüßungsküsschen blieben aus.

„Um ehrlich zu sein, ich hab schon wieder einen neuen Schock erlitten." Der Ernst in Stockers

Stimme ließ Landtwing aufhorchen.

„Was ist passiert?", fragte er besorgt.

„Ich hab erfahren, dass du mich massiv belogen hast."

„Was?"

„Muss ich mich wiederholen?" Stocker schien genervt.

„Nein, ich hab schon verstanden, aber wieso meinst du, ich hätte dich belogen? Was soll das?"

„Ostrowsky hat sich mit mir getroffen und mir die Fotos gezeigt. Wyss, du, das Boot. Läutet da was bei dir? Es war eindeutig, Theo!" Landtwing brauchte einen Moment, bevor er antworten konnte.

„Ja, du hast recht. Ich habe dir verschwiegen, dass ich mich an diesem Abend noch mit Guido getroffen habe. Ich wollte nicht, dass man mich verdächtigt. Gerade jetzt habe ich es nicht leicht, meine Position in der politischen Szene zu festigen und wenn so ein Verdacht aufkommt, da bleibt immer etwas hängen. Das wollte ich auf jeden Fall vermeiden. Ich wollte mit Guido reden. Über unser weiteres Vorgehen in Sachen *Wiese*. Wir waren beide überzeugt, dass die *Schützenmattwiese* in Zuger Gemeindeeigentum verbleiben sollte. Aber wir haben schon am Bootssteg gestritten und ich hab mich dann entschieden, nicht mitzusegeln, und bin wieder ausgestiegen. Er ist dann alleine raus und ich bin hierher zum Wohnwagen gegangen." Theo blickte Tabea reumütig an.

„Um was ging es in dem Streit? Um die *Wiese*?"

„Wir waren, wie gesagt, in der Frage immer einer Meinung, aber in letzter Zeit hatte ich das Gefühl, dass er seine Meinung geändert hatte und dass das mit seiner verdammten Spielsucht zu tun haben musste. Ich hab ihm gesagt, er soll aufhören damit und dass das nicht gut enden würde. Aber er wurde wütend und meinte, es gehe mich nichts an und so weiter. Du kannst dir sicher selber vorstellen, wie ein Süchtiger reagiert, wenn er aufgefordert wird, seine Sucht zu lassen."

Tabea Stocker nickte. Solche Ausfälle hatte sie in Zürich mehr als einmal erlebt. Theos Erklärung schien ihr einleuchtend. Ihre Wut hatte sich ein wenig gelegt und sie war beruhigt, dass sie sich nicht dermaßen in ihm getäuscht hatte, wie sie eben noch gedacht hatte. Dennoch blieben ihr Zweifel.

„Hast du ein Bier?"

„Oh. Entschuldige. Ich hab dir noch gar nichts angeboten. Ich hol uns gleich eins. Außerdem hab ich nicht nur ein Bier, sondern auch Gambas, die ich noch *grillieren* werde. Und dazu einen Salat und Baguette. Was meinst du? Klingt das gut?"

„Appetitanregend klingt das. Aber sag mal, Theo, kann ich mich in deinem Wohnwagen kurz abduschen? Ich war im See und vor so einem feinen *Znacht* möchte ich nicht riechen wie ein *Röteli*."

„Ja, klar. Da müssen noch frische Handtücher im Schrank vor der Duschkabine liegen. Ich fang schon mal mit dem Grillieren an."

Stocker freute sich, dass der Abend jetzt doch noch schön werden könnte. Sie zog sich im Innern des Wohnwagens aus und stieg in die enge Duschkabine. Nach dem Duschen stellte sie sich vor der Kabine auf eine Gummimatte, öffnete das Schränkchen und zog ein Handtuch heraus. Sie rubbelte sich gründlich ab und wollte das Handtuch gerade weglegen, als sie stockte. Das Handtuch kam ihr bekannt vor. Es glich sehr dem Handtuch, das sie auf dem Boot von Guido Wyss gefunden hatte. Leider verstärkte dies ihre Zweifel. Oh, Mann, Tabea. Jetzt hör auf, überall Gespenster zu sehen. Genieße jetzt lieber mal das schöne Abendessen, das Theo für dich vorbereitet. Sie zog sich wieder an und steckte dennoch das Handtuch in ihre Badetasche. Dann stieg sie aus dem Wohnwagen und setzte sich zu Theo an den Tisch. Vor ihr stand schon eine geöffnete Flasche Bier. Auch er hatte eine in der Hand. „Prost, Tabea."

„Prost, Theo."

Kapitel 25

„Was gibt es denn so Dringendes?", wollte Vivianne Betschart wissen. Sie hatte sich wieder einmal zum Mittagessen mit Tabea Stocker getroffen. Das Wetter war unbeständig, die Hitze hatte sich wieder etwas gelegt, Wolken waren aufgezogen. Deshalb hatten die beiden entschieden, ein paar Schritte zu gehen und saßen jetzt in der Mensa einer großen gewerblichen Berufsschule. Einige der Tische hatte man zusammengeschoben, damit größere Gruppen von Lernenden oder Lehrpersonen Platz finden konnten, es gab aber auch kleine Tische, die eine gewisse Privatsphäre boten. An so einem Tisch verzehrten Vivianne Betschart und Tabea Stocker ihre Mahlzeit.

„Ich hab Theo gestern getroffen", begann Tabea Stocker, nachdem sie ihre Tagessuppe ausgelöffelt hatte. „Er hat mir gestanden, dass er uns etwas verschwiegen hat. Nämlich, dass er sich an dem Unfallabend noch einmal mit Guido Wyss getroffen hat. Er wollte mit ihm segeln, hat er gesagt, aber dann kam es zu einem Streit. So, wie Theo es darstellt, hat er Guido drängen wollen, mit dem Spielen aufzuhören, aber der sei nur wütend geworden. Deshalb hat Theo entschieden, noch im Hafen das Boot zu wieder verlassen und nicht mitzusegeln. Er sagte, er sei dann zu seinem Wohnwagen auf dem Campingplatz gegangen.

Kollegen könnten bezeugen, dass er an jenem Abend dort war."

„Siehst du, Tabea. Ich hab dir ja gesagt, dass die Geschichte auch ganz anders sein könnte. Diese Fotos beweisen wirklich gar nichts. Eher beweisen sie, dass dieser Ostrowsky oder sein Terrier danach noch aktiv geworden sind."

„Da ist aber noch was", fuhr Stocker fort. „Bevor ich gestern den Theo an seinem Wohnwagen getroffen habe, war ich noch im See schwimmen. Deshalb hab ich mich bei ihm geduscht und eins seiner Handtücher benutzt. Und das sieht tupfengleich so aus wie ein Handtuch, das ich nass auf dem Boot gefunden habe. Also hab ich es eingesteckt unter dem Vorwand, ich wolle es unbedingt gewaschen zurückgeben. Ich konnte danach auch gar nicht mehr lange mit ihm zusammen sein, ihm in die Augen schauen und so tun, als wär nichts. Ich hab noch mit ihm gegessen. Er hatte extra für uns Gambas *grilliert*. Ich konnte ihn ja nicht mit den feinen Gambas alleine lassen." Stocker grinste. „Dann bin gegangen. Heute Morgen hab ich das Handtuch dann mit dem Fundhandtuch verglichen und siehe da: genau das gleiche!"

„Oh, das ist allerdings nicht gut", fand Betschart. Sie überlegte eine Weile. „Wieso hast du mir nicht schon früher gesagt, dass du das Handtuch vom Boot genommen hast? Ich hab es dort ja auch gesehen, aber gedacht, es gehört zur Bootsausrüstung. Da wir von einem Unfall ausgegangen sind, hab ich mich wohl zu wenig dafür interessiert. Das ist ja ganz schön peinlich für mich. Aber kann es denn nicht sein, dass ich Recht hatte? Solche Handtücher gibt es bestimmt öfters. Vielleicht hat die Familie Wyss auch solche Tücher?"

„Es tut mir leid. Ich dachte ja auch die ganze Zeit, dass das Handtuch nichts bedeutet. Und ich hab mir auch überlegt, dass es vielleicht der Familie gehört. Darum fahre ich heute Abend noch einmal zu Patricia Wyss und überprüfe das. Aber ehrlich gesagt, es sieht nicht aus wie Massenware. Und wenn es Theos Handtuch ist, dann sieht es nicht gut aus für ihn."

Vivianne Betschart stellte ihr Wasserglas wieder vor sich auf den Tisch.

„Das wär eine *mega* Katastrophe, Tabea. Das wünsch ich dem Theo nicht. Und warum sollte denn der Theo seinen Freund umbringen? Ich kann mir da einfach keinen Reim darauf machen."

„Ich auch nicht, Vivianne. Ich auch nicht. Hoffentlich liege ich falsch."

Wieder einmal *parkierte* Stocker ihr Polizeifahrzeug vor der Betonmauer der Villa Wyss. Patricia Wyss öffnete ihr. Sie trug einen schwarzen Hosenanzug und war sehr blass.

„Guten Abend, Frau Wyss. Entschuldigen Sie, dass ich Sie noch einmal störe, aber ich hätte noch eine Frage."

Patricia Wyss bat sie stumm ins Haus.

„Wie geht es Ihnen?" Die Stocker schaute besorgt. „Morgen ist die Beerdigung und ich weiß nicht, wie ich das durchstehen soll. All die Leute! Am liebsten wär ich allein mit meiner Trauer. Er fehlt mir jetzt mehr denn je." Ihre Augen wurden feucht.

„Das ist eine sehr schwere Zeit. Ich kann Sie gut verstehen, Frau Wyss. Haben Sie denn Unterstützung? Eltern, Geschwister, die Kinder?"

„Ja, schon, aber meine Eltern mochten Guido nie so richtig und ich kann ihre Trauer nicht recht ernst nehmen. Mein Bruder lebt in Amerika. Der kommt nicht und meine Kinder sind doch noch so jung."

„Kinder können einem in solchen Situationen manchmal mehr Unterstützung geben, als man denkt. Nadine ist ja auch nicht mehr *so* jung. Meinen Sie nicht, sie könnte Ihnen eine Hilfe sein?"

„Vielleicht haben Sie recht. Ich sollte nicht immer denken, ich müsste alles alleine schaffen. Und dann habe ich ja auch noch meine Freundin Ulla, die mich unterstützt."

„Na, sehen Sie. Schließlich haben Sie das Recht, jetzt schwach zu sein und zu weinen. Es ist Ihre Trauerfeier und die Gäste müssen Sie so nehmen, wie es für Sie richtig ist, oder?"

Jetzt lächelte Patricia Wyss ein klein wenig.

„Es ist halt nicht immer so einfach. Aber danke, Frau Stocker. Was ist denn Ihr Anliegen?"

„Nun, wir haben auf dem Boot Ihres Mannes ein

Handtuch gefunden und ich wollte nur kurz fragen, ob das eins von Ihnen ist." Tabea Stocker zog das mittlerweile trockene grüne Handtuch aus einem *Plastiksack*. Frau Wyss sah es sich kurz an und schüttelte dann den Kopf.

„Nein. So ein Handtuch haben wir nicht. Guido hat seine Badesachen immer von zu Hause mitgenommen. Wie das Tuch auf sein Boot gekommen ist, weiß ich nicht. Es kann natürlich von einem Kollegen von Guido vergessen worden sein. Aber was hat es denn damit auf sich, Frau Stocker? Soll das jetzt ein Beweis sein, dass Guido doch nicht ...?"

„Ich weiß es noch nicht, Frau Wyss", unterbrach sie Stocker. „Vielleicht ist es gar nichts. Aber ich wollte sichergehen."

„Mhm. Schon gut. Sie machen ja nur Ihre Arbeit. Sagen Sie mir bitte Bescheid, wenn es doch noch Neuigkeiten geben sollte."

„Mach ich, Frau Wyss. Mach ich. Vielen Dank für Ihre Hilfe und Ihr Verständnis und entschuldigen Sie bitte nochmals die Störung. Für Morgen wünsche ich Ihnen ganz viel Kraft und liebe Leute, die Sie begleiten." Tabea Stocker konnte sich nicht zurückhalten, Frau Wyss zum Abschied noch sanft den Oberarm zu drücken.

„*Wemmer eis go zieh?*" Vivianne Betschart hatte ihre Kollegin mit ihrem Anruf im Bademantel auf dem Weg in ein entspannendes heißes Bad erwischt. Tabea blickte auf den verführerischen Schaum, der sich in der Badewanne gebildet hatte, und zögerte einen Moment.

„Eigentlich wollte ich es mir zuhause gemütlich machen und hab grad Wasser in die Badewanne einlaufen lassen, aber uneigentlich würde ich nicht Nein sagen."

„Du, Tabea, ich muss auch noch etwas erledigen. Wie wär's in einer Stunde *Im Hof*?"

„Okay. Oder sagen wir um neun. Das lässt mir noch etwas Luft."

„Ja, super. Also um neun. Bis dann, ciao Tabea."

Vivianne Betschart saß schon an einem kleinen Tisch im hinteren Raum der Bar, als Tabea ankam. Sie stand auf, um Stocker mit drei Wangenküsschen und einer Umarmung zu begrüßen

„*Hoi*, du. Ich hab's einfach nicht ausgehalten und bin *mega* gespannt darauf, wie die Wyss reagiert hat."

„Das hätt ich dir auch am Telefon sagen können."

„Sorry! Aber du hattest ja auch nichts gegen *Ausgang*. Außerdem ist es nicht das Gleiche. Hier können wir den Fall nochmal in aller Ruhe durchdiskutieren. Am Telefon macht es nicht so viel Spaß."

„Von Spaß würde ich jetzt zwar nicht gerade reden, aber du hast recht. Bei mir drehen sich die Gedanken im Kopf und ein wenig Sortierarbeit zusammen mit dir macht tatsächlich mehr Spaß."

Eine Kellnerin war an ihren Tisch getreten und nahm die Bestellung auf. Die beiden entschieden sich für ein helles Bier. Kaum war sie gegangen, wiederholte Vivianne Betschart ihre Frage:

„Also was hat die Wyss jetzt gesagt?"

„Sie hat das Handtuch nicht gekannt und weiß auch nicht, wie es auf das Boot ihres Mannes gekommen sein könnte. Aber weißt du, Vivianne: Ich hab mich hinterher geärgert und ein klein wenig geschämt, dass ich sie nochmal belästigt habe. Es geht ihr gar nicht gut. Sie hat mir leid getan. Morgen ist die Beerdigung und sie fühlt sich nicht in der Lage, die Feier durchzustehen. Es kommen ja so viele Leute aus der Stadtverwaltung und der Politik und sie muss jetzt eine mehr oder weniger gute Figur machen. Meint sie zumindest. Ich hab ihr gesagt, sie hat das Recht, sich schwach zu zeigen. Sie soll das nicht alles allein auf ihre Schultern nehmen. Hoffentlich konnte ich ihr wenigstens ein wenig helfen."

„Hm. Ja, das war ein blöder Zeitpunkt. Ich hab auch vergessen, dass morgen die Beerdigung stattfindet. Es stand vor ein paar Tagen in der Zeitung. Wirst du hingehen?"

„Ich weiß noch nicht. Hauptmann Rogenmoser wird natürlich gehen und Theo sicher auch."

„Was hat das mit dir zu tun?"

„Rogenmoser vertritt quasi die Polizei, also auch mich, und den Theo will ich nicht in diesem Zusammenhang treffen. Was soll ich also da? Außerdem hasse ich Beerdigungen."

„Aber du könntest doch schauen, wer alles kommt und wie sich die Leute verhalten – also die verdächtigen Personen. Vielleicht kommt ja auch Ostrowsky."

„Ich überleg's mir noch. Ich müsste ja auch erst einmal frei bekommen. Rogenmoser sieht bestimmt keinen Grund, warum ausgerechnet ich zum Begräbnis gehen sollte. Der hält mich sowieso für einen Störfaktor in dieser Sache."

„Ich hab morgen Nachmittag frei. Ich glaube, die Beerdigung war für halb drei angesetzt. Da könnte ich doch mal auf den Friedhof gehen. Kann mich ja keiner davon abhalten."

Tabea Stocker lachte.

„Du bist mir ja eine! Ja, wenn du meinst."

„Ja, ich glaub, das mach ich. Aber jetzt lass uns den Fall nochmal von allen Seiten beleuchten. Wir haben einen toten Guido Wyss, keine Spuren auf dem Boot, Hinweise, dass der Großbaum ihm an den Hinterkopf geschlagen ist – entweder aus eigener Unachtsamkeit oder absichtlich von einer zweiten Person. Du hast ein grünes Handtuch gefunden. Es war noch feucht und es gehört aller Wahrscheinlichkeit nach Theo Landtwing. Von diesem hat Ostrowsky Fotos machen lassen, wie er mit Wyss an jenem Abend auf das Boot steigt. Ostrowsky ist Casinobesitzer, bei dem Wyss, laut Theo, hohe Spielschulden hatte. Sein Name taucht auch im Zusammenhang mit der *Schützenmattwiese* auf. Er will das Seegrundstück zu einem ziemlich überhöhten Preis kaufen."

„Jetzt kommt hinzu", fuhr Stocker fort, „die Kollegen in Zürich, die die Wirtschaftsdelikte bearbeiten, sind auf Ostrowsky aufmerksam geworden. Er bewohnt bereits eine Villa am See in Zollikon und woher das Geld genau stammt, mit dem er das Casino erworben und renoviert hat, ist nie genau untersucht worden. Es besteht Verdacht auf Geldwäsche. Ich bin da mit Rogenmoser auch gerade an diesem Thema, weil es einige neue Richtlinien gibt, die es einfacher machen sollen, den Geldwäschern das Handwerk zu legen."

„Weiter kommt hinzu", nahm Vivianne die Gedankenkette wieder auf, „Theo hat Wyss am Abend seines Todes noch getroffen und auch er hat ein Interesse an der *Schützenmattwiese*. Wenn das Grundstück in Privathand übergeht, verringert das seinen politischen Einfluss und steht im Gegensatz zu seiner Haltung als Grüner. Er behauptet, Guido Wyss und er hätten eine Linie vertreten, nämlich die Wiese in öffentlicher Hand zu erhalten."

„Hier könnte das Email nützlich werden, das der alte Herr Frei irgendwo am Hafen gefunden hat. War es womöglich an Theo adressiert? Für wen konnte der Wyss nichts mehr tun? Das wäre doch ein wichtiger Hinweis."

„Wenn wir jetzt zu den Motiven kommen, die zu einem möglichen Mord oder Totschlag hätten führen können, dann könnte Theos Motiv gewesen sein, dass Guido Wyss als Unterstützer seiner Politik weggefallen ist. Das hätte seine politische Karriere gefährdet. Vielleicht ist er doch mitgesegelt, wütend geworden und hat das Seil gelöst, an dem der Großbaum befestigt war."

„Andererseits hat Ostrowsky den Wyss beobachten lassen", fuhr Stocker fort. „Warum? Wenn Wyss tatsächlich hohe Spielschulden bei ihm hatte, könnte er ihn erpresst und von ihm verlangt haben, sich für den Verkauf der *Wiese* einzusetzen. Jetzt hatte er aber erfahren, dass Wyss sich weiter mit Theo trifft und will ihm eine Lektion erteilen. Theo verlässt die Hafenanlage, der Terrier schafft es noch auf das Boot von Wyss und rumms – schlägt ihm im geeigneten Moment den Großbaum an den Kopf. Vielleicht will er ihn gar nicht töten, aber leider fällt der Wyss in den See und ertrinkt."

„Und wo kommt das Handtuch von Theo ins Spiel? Und weiter: Wie kommt der Täter wieder an Land?", wollte Vivianne wissen.

„Bevor wir diese Details besprechen, möchte ich noch eine dritte Möglichkeit in Betracht ziehen: Patricia Wyss. Sie erfährt von den Spielschulden Ihres Mannes. Sie hat es satt, mit einem Süchtigen zusammen zu leben. Er segelt an dem Abend alleine los und holt sie zum Beispiel in Oberwil ab. Es kommt zum Streit und sie lässt die Schnur zu locker, so dass der Großbaum an Guidos Kopf knallt, er fällt vom Boot und ertrinkt."

„Auch eine Variante. Mich wundert nur, dass wir keine Zeugen finden konnten. Keiner will was gesehen haben und es waren schon eine Menge Leute unterwegs."

„Vielleicht war es halt doch ein Unfall", meinte Stocker kleinlaut. „Das wäre mir mittlerweile auch am liebsten, ehrlich gesagt."

„Das glaub ich dir, Tabea. Aber nochmal zurück zu den Details. Erstens: das Handtuch. Wie kommt es auf das Boot und warum war es nass oder feucht?" Tabea Stocker zuckte mit den Schultern.

„Zweitens: Wie ist der Täter wieder an Land gekommen?"

„Ich nehme an, er muss geschwommen sein. Vielleicht könnte er oder sie auch mit einem Ruderboot gekommen und wieder verschwunden sein. Das würde am ehesten auf den Terrier von Ostrowsky zutreffen."

„Oder ein Stand-Up-Paddler", fiel Betschart ein. „Das könnte auch gut auf Patricia Wyss und Theo zutreffen. Zumindest von Theo weiß ich, dass er ab und zu ein Brett am Campingplatz mietet."

„Aber zurück zum Terrier. Warum sollte der Wyss einen Passagier wie ihn aufnehmen?"

„Keine Ahnung, aber möglich wäre es immerhin."

„Bleibt wieder nur das Handtuch."

„Lass uns nochmal die Motive untersuchen. Ostrowsky hätte nichts davon gehabt, seinen

Schuldner umzubringen. Eine Lektion erteilen – vielleicht. Wenn es sich beweisen lässt, dass Wyss nicht vorhatte, den Verkauf der *Wiese* in irgendeiner Weise zu unterstützen."

„Ja, und dass der Terrier beim Erteilen von Lektionen gerne mal über die Stränge schlägt, hab ich ja am eigenen Leib erfahren müssen. Vielleicht hatte ich nur mehr Glück als Wyss."

„Und Theo hätte schon auch Grund gehabt, wütend auf den Wyss zu sein, wenn der sich doch von Ostrowsky hat erpressen lassen. Theo ist zwar ein lieber Mensch, aber als Sozialarbeiter verdient er nicht so viel. Seit der Scheidung hat er finanzielle Engpässe. Das weiß ich von Mathias. Außerdem ist ihm sein politischer Einfluss extrem wichtig. Er möchte Bedeutung, Achtung, Macht, weißt du. Er hat es nicht immer so leicht gehabt wie der Wyss. Ich glaub sogar, er konkurrierte mit ihm. Er will unbedingt nach oben."

„Mhm." Das waren Informationen über Theo Landtwing, die Tabea Stocker neu waren.

„Patricia Wyss auf der anderen Seite wäre durch den Tod ihres Mannes einen Vermögensvernichter losgeworden", überlegte Betschart weiter. „Und einen Partner, der sie ständig belügt, auf den sie sich nicht verlassen kann. Da kann einem schon mal ein Seilchen aus der Hand rutschen."

„Sei nicht so ungnädig, Vivianne. Ich hatte den Eindruck, Patricia Wyss ist mächtig erschüttert und ehrlich traurig über den Tod ihres Mannes."

„Vielleicht ist sie ja so erschüttert, weil sie ihn nicht töten wollte. Eine Affekthandlung sozusagen, und jetzt fühlt sie sich furchtbar."

„Das heißt, wenn wir weiterkommen wollen, müssen wir schauen, ob die Alibis von allen drei Verdächtigen hieb- und stichfest sind. Aber wie sollen wir das hinkriegen, wenn ich gar nicht ermitteln darf?"

„Ich weiß. Es führt immer alles wieder in eine Sackgasse. Lass uns bis morgen warten. Vielleicht ergibt sich ja irgendwas bei der Beerdigung."

„Du hast recht, Vivianne. Machen wir Schluss und trinken unser Bier aus. Ich bin langsam auch *mega* müde."

Kapitel 26

Am nächsten Morgen klopfte Tabea Stocker an die Tür von Rogenmosers Allerheiligstem.

„Was gibt's Tabea?", wollte der wissen.

„Nikolas, du bist doch heute Nachmittag bei der Beerdigung von Wyss, oder?" Rogenmoser nickte.

„Wegen der Fortbildung. Ich komm nicht so recht weiter. Ich hab mir überlegt, ich könnte mir noch ein paar Ideen von den Zürcher Kollegen aus der Abteilung Wirtschaftskriminalität holen. Die werden sicher auch so eine Fortbildung planen. Man könnte durch einen Austausch von synergetischen Effekten profitieren. Ich kenne da noch jemanden. Hättest du etwas dagegen, wenn ich heute mal nach Zürich fahre und dem Kollegen einen Besuch abstatte?"

„Nein, mach das. Hat der denn so spontan Zeit?"

„Ich würde ihn gleich mal anrufen."

„Okay. Sag mir Bescheid."

Stocker nickte, ging zurück zu ihrem Schreibtisch und wählte die Nummer von ihrem Kontakt.

„Beaulieu-Flique", ertönte es kurz danach am anderen Ende der Leitung. Stocker begrüßte ihn und erklärte ihm ihr Anliegen.

„Sie hätten nicht zufällig heute Nachmittag Zeit für mich, Hauptmann Beaulieu-Flique?"

„Ich würde lügen, Oberleutnant Stocker, wenn ich sagen würde, für Sie hätte ich immer Zeit, aber Sie haben Glück. Bei uns im Haus ist heute Nachmittag eine Sitzung ausgefallen und ich könnte Sie zwischen drei und vier Uhr empfangen. Ginge das bei Ihnen?"

„Sehr lieb von Ihnen Monsieur Beaulieu-Flique. Vielen Dank. Das passt mir super."

Statt Mittag essen zu gehen, kaufte Tabea Stocker im Bahnhof ein Sandwich und aß es während der Fahrt nach Zürich. In Gedanken legte sie sich eine Reihe von Fragen zurecht, die sie Beaulieu-Flique stellen wollte. Sie hatte nicht vor, sich mit ihm über die Durchführung einer internen Fortbildung zum Thema Geldwäsche zu unterhalten. Oder höchstens beiläufig. Stocker wollte mehr über Ostrowskys Geschäfte wissen und inwiefern die neuen Richtlinien eine Bedrohung für ihn darstellten könnten.

Der Mann, der ihr in der Eingangshalle der Zürcher Kriminalpolizei entgegenkam, hätte Tabea Stocker niemals für Hauptmann Beaulieu-Flique gehalten. Er war zwar groß und breitschultrig, aber weder hatte er einen Bauchansatz noch war er jenseits der fünfzig. Trotz seines saloppen Gangs hatte er etwas Militärisches an sich. Wahrscheinlich war es auch sein dunkelblauer Zweireiher, der zu diesem Eindruck beitrug.

„Sie müssen Madame Stocker sein, n'est-ce pas?"

„Bonjour, Hauptmann Beaulieu-Flique, ja, ganz richtig: Oberleutnant Tabea Stocker. Nochmals vielen Dank, dass Sie sich Zeit für mich nehmen."

„De rien, Madame. Ich habe zu danken. Durch Sie erhalte ich ja vielleicht auch wichtige Informationen über unseren Freund Ostrowsky. Kommen Sie. Lassen Sie uns den Aufzug nehmen. Mein Büro ist doch etwas mühsam zu erreichen. Siebter Stock! Das mache ich nur einmal am Tag über die Treppe." Er wies mit der Hand Richtung Aufzug und schlenderte dann neben Stocker durch die Halle.

„Sie waren doch früher auch bei der Zürcher Stadtpolizei, oder nicht?"

„Ja, das stimmt. Es ist noch gar nicht lange her, dass ich meine Stelle gewechselt habe und nach Zug gegangen bin. Aber mein Posten war in einem anderen Gebäude. In der Umgebung hier, Langstrasse und so, hab ich meine ersten Berufserfahrungen gemacht. Oder besser: machen müssen." Stocker grinste Beaulieu-Flique von der Seite an.

„Ja, ja, wir sitzen hier schon am richtigen Ort. Obwohl – die Agglomeration hat auch einiges zu bieten. Ich bin froh, dass ich damit nicht allzu viel zu tun habe."

Sie waren in den Aufzug getreten, der etwas ruckelte, bevor er sie nach oben brachte.

Von seinem Schreibtisch aus hatte Beaulieu-Flique eine hübsche Aussicht über das *Quartier*. Tabea Stocker drehte ihren Stuhl so, dass sie auch etwas davon hatte.

„Wie wäre es mit Kaffee?"

„Ja, gern. Mit Milch, ohne Zucker."

„Also", begann Beaulieu-Flique, nachdem er die zwei Tassen Kaffee abgestellt hatte. „Ostrowsky kam 2010 in die Schweiz. Wo er vorher war, ist im Einzelnen nicht bekannt. In seinem Pass sind Stempel von mehreren südamerikanischen Ländern, von Hongkong und von Großbritannien. In Italien hatte er ein Feriendomizil – oder er hat es, glaub ich, immer noch. Die Schweiz hat ihm zuerst das Aufenthaltsrecht und dann das Niederlassungsrecht zugesprochen. Nach etwa zwei Jahren als Berater bei der Firma Reclogen erwarb er mit Hilfe großzügiger Kredite von ausländischen Banken das Casino und renovierte es recht aufwändig. Sie kennen das Casino?"

„Ja, ich habe dort schon den ein oder anderen Franken gewonnen." Stocker grinste ihn an.

Beaulieu-Flique schüttelte gespielt schockiert den Kopf.

Vor ein paar Jahren kaufte er dann, wie schon gesagt, die Villa in Zollikon. Allem Anschein nach bezahlte er sie von seinen Casinogewinnen und wahrscheinlich auch von Krediten dieser dubiosen Banken. Aber nach außen sieht alles gut aus, notariell beglaubigt, keine Beanstandungen, keine Hinweise auf Geldwäsche.

„Jetzt kommt sein neustes Projekt: die *Wiese* am Zugersee", fuhr Stocker fort. „Und da trifft er auf Widerstand. Der Gemeinderat ist uneins, ob die

Wiese verkauft werden soll oder im Gemeindeeigentum gehalten wird. Ein Stadtrat, der zufällig zuständig ist für den Baubereich, ist ein guter Kunde von Ostrowsky und hat angeblich sehr hohe Spielschulden bei ihm. Ostrowsky offeriert ihm einen Deal: Der Stadtrat gibt sein Bestes, eine Mehrheit im Gemeinderat für den Verkauf zu gewinnen, dafür erlässt ihm Ostrowsky seine Spielschulden – oder Teile davon. Jetzt stirbt aber der Stadtrat noch vor der Entscheidung im Gemeinderat. Warum? Könnte es sein, dass die neuen Richtlinien, die es leichter machen, große Geldtransaktionen genauer unter die Lupe zu nehmen, daran Schuld sind, dass Wyss plötzlich zum Hindernis für Ostrowskys Geschäfte wurde?"

„Nun, die Richtlinien sehen unter anderem vor, dass die beteiligten Behörden, Institutionen und Firmen besser vernetzt werden. Das soll eine größere Transparenz zur Folge haben, die dann vielleicht auch Helfershelfer wie Herrn Wyss sichtbar machen könnten. Sprich: Denkbar ist es schon, aber diese Richtlinien wirken nicht so schnell, wie wir es gerne sehen würden. Da hätte Ostrowsky wahrscheinlich schon die ersten Saunagänge in seinem Wellness-Hotel hinter sich, bevor da wirklich etwas passiert. Wyss wäre also nicht so schnell an die Oberfläche geschwemmt worden. Oh, pardon. Eine unpassende Metapher. Was jedoch ein größeres Problem für Ostrowsky werden könnte, ist eine Beweislastumkehr. So etwas besteht bereits in Italien, aber bei uns leider noch nicht."

„Wie funktioniert denn die Beweislastumkehr in solchen Fällen konkret?"

„Ganz einfach: Wenn jemand mit schmutzigem Geld etwas kaufen will, was zum Beispiel über 10.000 Schweizer Franken hinausgeht, wie zum Beispiel eine Immobilie, einen Kunstgegenstand, ein Auto, darf der Kauf nicht mehr bar über die Bühne gehen und der Käufer muss nachweisen, woher das Geld stammt, mit dem er bezahlen will. Für mich in meiner Funktion bei der Wirtschaftskripo hieße das: Nicht ich muss beweisen, dass das Geld aus unlauteren Quellen stammt, sondern derjenige, der es in Umlauf bringt. Eine riesige Erleichterung für uns. Ostrowsky könnte unter solchen Bedingungen Ihre *Wiese* praktisch gar nicht mehr mit illegalem Geld erwerben. Aber ich sehe nicht, wie solche Überlegungen des Staates zu einem Mord an Herrn Wyss führen sollten."

Tabea Stocker schaute etwas enttäuscht. Die beiden gingen noch ein paar Möglichkeiten durch, es wollte sich aber kein realistisches Mordmotiv daraus stricken lassen.

„Es tut mir aufrichtig leid, Madame Stocker, dass ich nicht mehr zur Klärung des Falls Wyss beitragen kann. Vielleicht müssen Sie sich einfach damit abfinden, dass es ein Unfall war. Ich, auf der anderen Seite, habe sehr von unserem Informationsaustausch profitiert. Ich fühle mich bestärkt darin, diesen Ostrowsky sehr genau im Auge zu behalten. Also, seien Sie bitte nicht enttäuscht."

Tabea Stocker nickte und versuchte zu lächeln.

„Nochmals vielen Dank, dass Sie sich die Zeit genommen haben, Monsieur Beaulieu-Flique."

„Wie gesagt: De rien, Madame Stocker. Wir bleiben im Kontakt."

Kapitel 27

Es war noch einmal ungewöhnlich heiß geworden für Ende August, was wohl dem Südföhn zuzuschreiben war. Leichte Windböen ließen die Blätter der neu gepflanzten Bäumchen vor Tabea Stockers Bürofenster erzittern. Am blauen Himmel trieben Wolkenfetzen gen Nordosten. Stocker schloss das Fenster und ließ die Jalousien ein Stück weit herunter. Zurück an ihrem Arbeitsplatz, starrte sie auf das Display ihres Computers. Sie konnte sich nicht konzentrieren und war mit dem Formulieren der Fortbildungsunterlagen kaum vorangekommen. Kopfschmerzen kündigten sich an. Sie stand wieder auf und holte sich einen Kaffee aus der Teeküche. Beat Iten saß an seinem Schreibtisch und hämmerte ein Protokoll in den Computer. Sylvia Odermatt saß bei Rogenmoser im Büro. Es war ungewöhnlich ruhig heute. Keine Vermissten, keine Toten, keine Drogen dealenden Jugendlichen. Eigentlich ein perfekter Tag für Büroarbeiten. Rogenmoser hatte ihr am Morgen kurz von Guido Wyss' Beerdigung berichtet. Anscheinend hatte es Patricia Wyss doch geschafft durchzuhalten, aber leicht war es ihr offensichtlich nicht gefallen, fand auch Rogenmoser.
„Sie hat sich ständig Vorwürfe gemacht, dass sie an diesem Abend mit Freundinnen im *KKL* in Luzern bei einem Konzert war. Vielleicht wäre sie

sonst noch mit ihm mitgesegelt und hätte den Tod ihres Mannes so womöglich verhindern können. Du weißt ja, wie das ist, Tabea. Die Hinterbliebenen denken sich oft Alternativen aus, die den Verlust ungeschehen machen würden." Tabea Stocker hatte genickt.

„Und sie laden sich selbst die Schuld für etwas auf, was sie weder begangen haben noch hätten verhindern können."

Tabea Stocker stützte ihren Kopf auf beide Hände. Sie fühlte sich müde und erschöpft. Der Föhn zog ihr Lebenskraft aus dem Körper. Da half auch der Kaffee nicht viel. Von Vivianne hatte sie noch keine Nachricht. Offensichtlich hatte sie keine wichtigen Erkenntnisse bei der Beerdigung gewinnen können, schloss Stocker daraus.

Als Sylvia Odermatt aus Rogenmosers Büro kam, raffte sie sich auf und ging zu ihrem Chef.

„Hast du einen Moment, Nikolas?"

Rogenmoser bat sie herein.

„Was gibt's denn so Dringendes?" Rogenmoser schaute von seinen Unterlagen auf. „Oh je, du schaust gar nicht gut aus, Tabea. Bist du krank?"

„Nein, nein. Der Föhn macht mir zu schaffen. Aber ich muss dir etwas gestehen."

Rogenmoser lehnte sich in seinem Chefsessel zurück und betrachtete Stocker konzentriert und besorgt.

„Leg los. Ich bin ganz Ohr."

„Äh, also ich ..., ich hab's nicht lassen können und

den Fall Wyss weiter untersucht und es sind da schon noch ein paar Unstimmigkeiten zum Vorschein gekommen."

„Was hast du?!" Rogenmoser schoss förmlich nach vorne, wo er sich mit den Unterarmen auf den Schreibtisch aufstützte und sein Gesicht nur noch einen halben Meter vor Stockers blassem Haupt platzierte.

„Jetzt wart mal ab, Nikolas." Ihr Chef zog sich ein kleines Stück zurück.

„Ich habe vor kurzem über Vivianne Betschart zufällig Theo Landtwing kennengelernt."

„Hängt die Betschart da auch mit drin? Hätte ich mir denken können. War sie deshalb gestern auf der Beerdigung?"

„Bitte, Nikolas. Vivianne hat nichts damit zu tun. Jetzt hör doch erst mal weiter zu." Stockers Stimme klang kraftlos. Fast bereute sie ihre Entscheidung, bei Rogenmoser eine Beichte abzulegen.

„Der Theo hat mir erzählt, dass der Wyss Spielschulden bei diesem Ostrowsky hat, der in Zug diese Wiese kaufen will. Er hat vermutet, dass Ostrowsky den Wyss erpresst hat und von ihm verlangt hat, dass er sich für ihn beim Gemeinderat einsetzt oder sogar Gemeinderatsmitglieder beeinflussen soll, für den Verkauf zu stimmen. Diesem Verdacht bin ich nachgegangen und habe von einem Kollegen in Zürich erfahren, dass man es für möglich hält, dass Ostrowsky hier in der Schweiz schmutziges Geld aus Russland wäscht.

240

Ich hab mich in seinem Casino mal ein wenig umgesehen und ihn auch persönlich kennengelernt."
Rogenmoser stöhnte auf.

„Er war sehr freundlich, aber gefallen hat es ihm nicht, dass ich Fragen gestellt habe. Er hat sogar einen Typen auf mich angesetzt, der mich verfolgt hat."

„Gott, oh Gott, das wird ja immer schlimmer!"
Daraufhin ließ Tabea Stocker den Schuss im Wald vorsichtshalber aus.

„Aber später hat er sich wieder bei mir gemeldet und mir Fotos gezeigt, die sein 'Mitarbeiter' von Theo Landtwing und Guido Wyss am Abend des Unfalls am Jachthafen gemacht hat. Es sah ganz so aus, als ob Landtwing das Boot betreten hätte. Ich hab Theo natürlich zur Rede gestellt und er hat gesagt, er wäre schon auf dem Boot gewesen, aber nicht mitgesegelt, weil sie sich so gestritten hätten. Er wollte, dass Wyss endlich mit dem Spielen aufhört, und Wyss wollte nicht hören. Da sei er wieder ausgestiegen. Okay, hab ich gedacht. Könnte ja so gewesen sein. Beweisen kann man es nicht. Es könnte genauso gut sein, dass der Typ, der fotografiert hat, irgendwie selber noch ins Boot von Wyss gestiegen ist und am Ende doch Ostrowsky dahinter steckt. Gestern war ich ja noch einmal bei dem Kollegen in Zürich und wir haben überlegt, ob Ostrowsky ein Mordmotiv haben könnte und ob es in Zusammenhang mit dem Geldwäscheverdacht stehen könnte, sind aber zu keinem befriedigenden Ergebnis gekommen."

„Na also, Tabea." Rogenmoser hatte sich wieder gefasst. „Damit ist nun hoffentlich wirklich endgültig Schluss mit Untersuchen! Und überhaupt: Ich dachte, du wolltest in Zürich Ideen für unsere Fortbildung sammeln?"

„Es gibt da leider noch etwas, Nikolas." Rogenmoser verdrehte die Augen.

„Ich war doch nach dem Unfall noch einmal auf dem Boot und ich habe schon etwas gefunden: ein feuchtes Handtuch. Es kam mir damals so lächerlich vor, dass ich nichts gesagt habe, aber vor ein paar Tagen habe ich genau so ein Handtuch bei Theo Landtwing im Wohnwagen entdeckt und das hat mich nicht in Ruhe gelassen."

„Das ist echt nicht zu fassen, Tabea! Du gehst eindeutig zu weit. Du ermittelst hinter meinem Rücken und lässt mögliche Beweisstücke verschwinden! Es ist dir hoffentlich klar, dass das zu einer Abmahnung führen wird und womöglich zu einer Suspendierung." Rogenmoser war jetzt laut geworden.

„Ich weiß, Chef. Aber was sollen wir jetzt tun?"

„Nichts tun wir! Und du wirst schon gar nichts tun, Tabea! Ein feuchtes Handtuch. Was soll das denn für ein Beweis sein? Dieser Landtwing könnte doch alles Mögliche behaupten. Das ist kein Beweis. Es war ein Unfall. Damit ist allen gedient: Wir verschwenden keine Zeit und Steuergelder, Patricia kann sich friedlich mit dem Tod ihres

242

Mannes abfinden und du brauchst dich nicht mehr mit irrwitzigen Theorien zu beschäftigen. Basta! Aus! Schluss!"

Tabea Stocker war kleinlaut in ihrem Stuhl zusammengesunken.

„Du gehst jetzt erst einmal nach Hause, legst dich hin und kommst endlich zur Ruhe. Ich muss überlegen, wie es weitergehen soll. Menschenskind, Tabea!"

Die nickte nur noch schwach und flüsterte ein Dankeschön.

Im Bett liegend, verheddert in einer dünnen Decke, ein Kissen im Arm, öffnete Tabea Stocker langsam die Augen. Es war dunkel in ihrem kleinen Schlafzimmer. Das lag nicht an der fortgeschrittenen Zeit, wie sie nach einem Blick auf die Leuchtziffern ihres Weckers sehen konnte, sondern daran, dass sie den Rollladen heruntergelassen hatte. Sie versuchte sich zu orientieren. Ein dünner Lichtstrahl fiel unter der Tür durch, dem sie vorsichtig tapsend nachging, die Türfalle ertastete und schließlich in den Flur hinaustrat. Das grelle Sonnenlicht traf sie wie ein Blitz, worauf sie die Augen sofort wieder schloss. Langsam öffnete sie sie wieder und nach und nach gewöhnte sie sich an die Helligkeit. Sie ging ins Bad und schaute in den Spiegel. Der Anblick war lausig, aber sie spürte, dass die Migräneattacke nachgelassen hatte und ihre Lebensgeister langsam wieder erwachten.

Nach einer heiß-kalten Wechseldusche fühlte sie sich wieder aktionsfähig. Ihr Gehirn startete auf und sortierte die gespeicherten Erinnerungen. Ihr Chef hatte ihr verboten, weitere Schritte im Fall Wyss zu unternehmen, aber sie hatte doch noch Theos Handtuch, oder besser: Handtücher. Es blieb ihr nichts anderes übrig, als sich mit Theo zu treffen. Ich will ihm ja nur sein Eigentum zurückgeben. Das hat mit Ermitteln gar nichts zu tun, beruhigte sie sich. Sie warf sich ein langes T-Shirt über und wanderte in die Küche. Die Uhr zeigte halb sieben. Ihr Magen knurrte. Der Kühlschrank war leer. Zumindest, was Essbares anbetraf.

Das alles schienen ihr gute Gründe dafür zu sein, Theo anzurufen.

„*Hoi*, Theo. Wie geht es dir? Wie war die Beerdigung?"

„*Hoi*, Tabea. Schön, dass du anrufst. Es geht mir nicht so gut. Die Beerdigung hat mir ziemlich auf den Magen geschlagen."

„Apropos Magen, hast du schon gegessen. Ich hab nämlich nichts mehr im Haus und einen Mordshunger. Vielleicht hast du ja Lust und wir gehen irgendwohin und essen was zusammen und dann können wir in Ruhe reden."

Theo Landtwing schien einen Moment zu überlegen.

„Hm, okay. Ich hab heute aber keine Lust auf eine *Nobelbeiz*. Am liebsten wäre es mir hier in der Nähe. Ich bin auf dem Campingplatz. Wenn dir das genügt, können wir uns gerne in dem kleinen Restaurant hier treffen."

„Mir ist alles recht. Wir könnten das Essen ja auch mit zum Wohnwagen nehmen. Dann haben wir mehr Ruhe, was meinst du?"

„Ja, gut. So gegen sieben?"

„Super. Bis gleich."

Theo Landtwing wartete am Eingang des Restaurants auf Stocker. Sie mussten sich in eine lange Reihe von Hungrigen stellen, bevor sie ihre Bestellung aufgeben konnten.

„Zweimal Bratwurst und Pommes Frites und zweimal Salat. Zum Mitnehmen." Sie erhielten eine Nummer und stellten sich in eine Ecke, um abzuwarten, bis sie aufgerufen wurden und ihr Essen abholen konnten.

„Waren viele Leute an der Beerdigung?", begann Tabea Stocker vorsichtig.

„Viele ist gar kein Ausdruck. Ein Massenauflauf war das. Es haben nicht einmal alle in die Abdankungshalle gepasst. Der Guido war halt bekannt wie ein bunter Hund und in mehreren Vereinen war er auch."

„Und die Reden? War es eine schöne Trauerfeier?"

„Ja, schon. Es war vor allem eine traurige Trauerfeier. Für mich auf jeden Fall. Patricia tat mir so leid. Für sie ist Guidos Tod eine Katastrophe. Emotional zumindest. Finanziell und so kommt sie auch ohne ihn klar. Ich würde sogar sagen, eher besser, du weißt, was ich meine. Aber dass ihre Kinder den Vater verloren haben, ist auch arg schlimm. Ach, es tut mir so leid für sie." Landtwing wirkte sehr niedergeschlagen.

„Gab es noch ein Leichenmahl hinterher?

„Ja, klar. Im Ochsensaal. Aber ich bin nicht hin."

„Die 52", erschallte es über die essenden Gäste.

„Das sind wir." Sie gingen zu der Ausgabetheke. Tabea Stocker nahm Theo den Bon mit der Nummer aus der Hand und bezahlte. Er stapelte die Speisen in einen *Einkaufssack*, den er mitgebracht hatte. Dann gingen sie wortlos über den Platz zu Theos Wohnwagen. Zu Tabeas Überraschung hatte er bereits den Campingtisch gedeckt und verteilte jetzt die Wurst und die Pommes auf die beiden Teller und den Salat in zwei Schüsselchen. Dann holte er für jeden eine Flasche *Goldmandli* aus dem Kühlschrank. Tabea schaute sich derweil um. Die benachbarten Caravanbesitzer waren größtenteils nicht da, über den Zaun konnte man noch Badegäste sehen und Gruppen von jungen Leuten, die sich wohl zum *Grillieren* trafen und sich auf der Uferwiese installierten. Von Osten her wummerte der Bass eines südamerikanisch klingenden Songs. Der Beachvolleyballplatz lag etwas weiter westlich. Ihr Volleyballspieler war heute nicht da. Das Wetter war immer noch *tüppig*, aber man hatte das Gefühl, dass der Föhn bald zusammenbrechen würde und eine Abkühlung zu erwarten war.

„Prost, Tabea!" Theo hielt ihr zum Anstoßen seine Bierflasche entgegen.

„Prost, Theo!" Mit einem leisen Klirren schlugen die beiden Flaschen gegeneinander.

„Sag mal, wie steht es denn jetzt mit dem Verkauf der *Schützenmattwiese*? Ist im Gemeinderat schon abgestimmt worden?" Tabea nahm einen kräftigen Bissen Wurst.

„Nein. Die Abstimmung ist auf nächste Woche festgelegt worden. Es sieht nicht besonders gut aus. Immer mehr Abgeordnete sind für einen Verkauf. Danach wird das Grundstück offiziell ausgeschrieben."

„Und es gibt es keine Möglichkeit mehr, den Verkauf abzuwenden?"

„Meine letzte Hoffnung ist ein Referendum. Allerdings werde ich dann nicht mehr als der Politiker angesehen, der die *Wiese* für die Zuger Bevölkerung gerettet hat. Ich habe dann meine Versprechen nicht halten können, und das macht natürlich keinen guten Eindruck." Theo tunkte resigniert ein Pommes in den Ketchup.

„Das wäre wirklich schade." Tabea Stocker hatte ehrliches Mitleid mit Theo. Und wer weiß? Vielleicht würde es noch viel schlimmer kommen für ihn.

Nachdem Theo den Tisch abgeräumt hatte, zog Tabea ihre Tasche vor.

„Du, Theo. Ich wollte dir noch dein Handtuch zurückgeben." Sie legte beide grünen Tücher vor sich auf den Tisch.

„Wieso denn zwei?" Theo stutzte.

„Das zweite habe ich auf dem Boot von Guido Wyss gefunden."

Theo wurde blass.

Tabea Stocker fasste nach:

„Und jetzt keine Ausreden mehr, Theo. Du warst auf dem Boot und das Handtuch kann nicht davon nass geworden sein, dass du nur eingestiegen und gleich wieder gegangen bist. Was ist wirklich passiert?"

Theo schien innerlich zusammenzubrechen. Es dauerte eine Weile, bis er etwas sagen konnte. Lachen klang vom Seeufer herüber und der Bass wummerte noch lauter als zuvor. Zwei Velofahrer klingelten, um sich ihren Weg zu bahnen. Tabea Stocker schwieg und wartete geduldig ab.

„Ich hatte mich an dem Abend mit Guido verabredet, weil ich mit ihm reden wollte. Er hatte mir per Email mitgeteilt, dass er in Sachen *Wiese* 'leider' nichts mehr für mich tun könne. Mir aber war zu Ohren gekommen, dass Guido mit verschiedenen Gemeinderatsmitgliedern gesprochen hatte, um sie für einen Verkauf der *Schützenmattwiese* zu gewinnen. Das wäre eine 180-Grad-Wende zu seiner ursprünglichen Überzeugung gewesen. Wir hatten bisher immer an einem Strang gezogen und uns sehr gegen den Verkauf ins Zeug gelegt. Gerade Guido wusste, dass ein Sieg in dieser Sache meiner politischen Karriere äußerst dienlich gewesen wäre. Kaum war ich auf dem Boot, brach der Streit schon los. Ich schrie: „*Verdammi*, Guido, du hast's mir doch versprochen!" Ich war wahnsinnig wütend und enttäuscht. Er hat gelacht und gemeint, das Leben sei kein Ponyhof. Daraufhin hab ich ihm vorgeworfen, dass daran nur seine verdammte Spielsucht schuld sei. Damit würde er nicht nur mich, sondern auch seine Familie runterziehen und der Zuger Bevölkerung schaden. Er widersprach und meinte, sein Spielen hätte nichts damit zu tun. Als ich dann sagte, ich wüsste wohl, dass ihn Ostrowsky in der Hand hätte, ich könnte ihm genauso schaden, wenn ich das an die große Glocke hängen würde, fing er an, mich zu beschimpfen. Ich wäre ein Loser, wollte nie was riskieren, ein Weichei, der sich nicht traue, auch mal hart und unfair zu spielen. Seine Beleidigungen trafen mich ins Mark und ein Gefühl stieg in mir auf, das ich nicht für möglich gehalten hätte: eine Wahnsinnswut! So was von unkontrollierbarer Wut. Wie konnte dieser Parasit, dieser elende Blender, der andere mit sich in den Abgrund reißt, mich derartig heruntermachen. Ich spürte einen solchen Hass, noch nie in meinem Leben war ich so geladen. Wir waren in der Zwischenzeit schon ein Stück weit auf dem See. Er stand an der Reling und lehnte sich hinaus, um einen Fender einzuholen, den er vergessen hatte. Ich saß am Ruder und sollte das Segel festzurren. Da hat es mich gepackt. Ich hab das Seil einfach losgelassen und der

Großbaum hat ihn mit voller Wucht getroffen. Als er von Bord gestürzt ist, bekam ich Panik. Es wurde mir plötzlich klar, was ich da getan hatte. Ich bin ihm sofort hinterher gesprungen. Fast bis auf den Grund bin ich hinuntergetaucht, aber ich hab ihn nicht mehr gesehen. Bestimmt eine halbe Stunde habe ich versucht, ihn unter Wasser zu finden und hochzuziehen, aber er war weg, einfach weg. Er war einfach nicht mehr da!" Theo saß mit weit aufgerissenen Augen da. Tabea legte eine Hand auf seinen Arm und wartete eine Weile, bevor sie fragte: „Und wie ging es weiter?"

„Ich bin wieder auf das Boot geklettert, hab mich abgetrocknet und meine nassen Kleider in meinen Rucksack gepackt. In Badehose bin ich dann Richtung Brüggli zu einer ruhigen Bucht gesegelt. Es war zwar ohnehin nicht mehr viel los, weil es schon recht spät war, aber ich wollte auf Nummer sicher gehen. Kurz bevor ich abgesprungen und an Land geschwommen bin, hab ich mit dem Handtuch meine Spuren verwischt. Ich weiß noch, dass ich ein Boot näher kommen sah und ich Angst hatte, man würde mich erkennen. Wahrscheinlich hab ich das Handtuch deshalb vor dem Sprung einfach nur ins Boot geschmissen. Es ist mir noch nicht einmal aufgefallen, so kopflos war ich. Das Boot hab ich dann einfach treiben lassen. An Land versuchte ich mich auffällig zu benehmen, damit ich notfalls vielleicht ein Alibi gehabt hätte. Es ist mir auch tatsächlich ein Camping-

Kollege entgegengekommen, mit dem ich geredet hab und dann zusammen zum Campingplatz gegangen bin." Landtwing machte eine kurze Pause.

„Und jetzt sag du, Tabea, wie geht es weiter? Wirst du mich jetzt festnehmen?"

„Nein. Ich gebe dir die Chance, dich selbst zu stellen, Theo, obwohl ich dich jetzt natürlich festnehmen müsste. Aber für meinen Chef und alle anderen ist es eindeutig ein Unfall gewesen. Ich soll meine Finger von der Sache lassen, hat er mir heute noch befohlen. Du hast somit noch Zeit, dich mit einem Anwalt zu besprechen. Aber ich kann dir nur empfehlen, die Wahrheit zu sagen. Du wirst mit dieser Schuld kein glückliches Leben führen können. Ostrowsky könnte dich mit seinen Fotos erpressen, in Schach halten oder was weiß ich. Solltest du doch noch politisch Karriere machen, sitzt dir immer diese Geschichte im Nacken. Da hättest du wahrhaftig eine Leiche im Keller. Patricia könntest du nie mehr ohne Schuldgefühle in die Augen sehen. Und ich habe dein Handtuch und noch etwas: ein Stück von dem Email, das Wyss dir geschrieben hat und das du anscheinend ausgedruckt mit an Bord genommen hast. Ich nehme an, du hast es in deiner Wut zerrissen." Landtwing nickte. „Wir können den Adressaten dieses Mails herausfinden. Ich kann diese Informationen nicht sehr lange zurückhalten. Mensch, Theo, du musst dich stellen. Mit einem guten Anwalt kommst du vielleicht noch glimpflich davon. Es gibt schlussendlich nur Indizien, keine juristisch haltbaren Beweise. Aber ich meine, es ist jetzt an der Zeit, Courage zu zeigen. Der Welt zu beweisen, dass du trotz allem ein aufrechter Kerl bist, einer, der noch einen Arsch in der Hose hat, der ein integrer Mensch ist. Und nicht so einer wie der Wyss."

Theo saß da, starrte noch eine Weile auf den See und ließ dann den Kopf hängen. Tabea sah, dass seine Augen feucht wurden. Sie stand auf und ging zu ihm, legte den Arm um seine Schultern und strich ihm mit der Hand über den Kopf.

„Ich weiß, es ist schwer, aber es ist besser so. Irgendwann wird wieder alles gut, glaub mir, Theo."

Kapitel 28

Zwei Wochen später wurde der Besprechungsraum der Zuger Kriminalpolizei feierlich deko-
riert. Sylvia Odermatt legte eine weiße Decke über
den Konferenztisch. Eine Flasche Sekt, Sektgläser,
einen Krug Orangensaft und ein paar kleine
Wasserflaschen sowie Apérogebäck verteilte Beat
Iten auf dem Tisch und Rogenmoser kam mit einem überdimensionalen Blumenstrauß daher, den
er in eine Vase auf einen Nebentisch stellte. Als
Gäste hatte man Vivianne Betschart und ihren
Kollegen Lukas Mayer eingeladen, die schon eingetroffen waren und sich etwas abseits gestellt
hatten. Irgendjemand hatte in wohlmeinender Absicht ein Foto von Tabea Stocker in Uniform auf
die Leinwand projiziert.

„Beat, ruf sie jetzt rein", ordnete Rogenmoser an.
Alle brachten sich in Stellung und schon eine Mi-
nute später trat Stocker in den Raum.

„Wow", entfuhr es ihr. „Hat jemand Geburtstag?"

„Liebe Tabea", begann Rogenmoser feierlich. Erst
da fiel Stocker das Foto auf – wie peinlich - und
dann wie Schuppen von den Augen, dass diese
kleine Feier ihr galt.

„Ich war ja immer schon der Meinung, dass es
eine gute Entscheidung war, dich aus Zürich abzu-
werben. Das hat sich ja nun bestätigt. Durch deine
Beharrlichkeit konnte der Tod von Guido Wyss

aufgeklärt werden, ein Verbrechen an einem unserer geachtetsten und beliebtesten Mitbürger. Du hast unser Lob und unsere Anerkennung verdient, auch wenn du zuweilen deine Informationspflicht vernachlässigt hast. Aber ich will hier nicht kritisieren, sondern gratulieren. Du hast den Täter dazu gebracht, sich zu stellen und die Wahrheit ans Licht zu bringen. Wir alle freuen uns, dass mit deiner Hilfe unsere Abteilung gut dasteht und dass wir mit dir gut aufgestellt sind für zukünftige Fälle. Mach weiter so. Wir sind stolz auf dich, Tabea."

Rogenmoser nickte Beat Iten zu, der die Sektflasche öffnete und den Gästen einschenkte. Er selbst griff nach dem Blumenstrauß und überreichte ihn Tabea Stocker. Alle klatschten. Dann wurde angestoßen. In der darauffolgenden Stille spürte Stocker, dass von ihr ein paar Worte erwartet wurden.

„Nun, ähm, was soll ich sagen? Danke auf jeden Fall euch allen. Ich weiß, es ist nicht immer leicht mit mir. Ich bin nicht so der Team-Typ, aber ganz alleine kann ja auch ich nicht arbeiten. Ich möchte deshalb betonen, dass ich ohne Viviannes Unterstützung keinen Schritt vorwärts gekommen wäre. Auch ihr gilt Dank und ein Hoch." Und noch einmal klirrten die Gläser.

„Ja, also nochmals danke, dass ihr mich hier so freundlich in die Abteilung aufgenommen habt. Ich fühle mich schon fast wie zuhause bei euch."

Sie schaute einen nach der anderen an, dann zwinkerte sie und hob das Glas hoch.

Nach dem dritten „Prosit" löste sich das Formelle in mehrere Einzelgespräche auf. Vivianne war zu Tabea getreten und flüsterte ihr ins Ohr:

„Dein Chef ist ein richtiger Politiker. Am Ende des Tages gilt alles Lob ihm und seiner weisen Voraussicht."

„Voll!" Die beiden konnten sich ein Grinsen nicht verkneifen.

„Wann hat sich der Theo denn gestellt?"

„Ende letzter Woche. Lange hat er nicht damit gewartet nach unserem Gespräch. Ich bin froh, dass er den Mut gefasst hat, zu uns zu kommen. Es muss ihm schwer gefallen sein. Aber ich denke, es war ihm schon klar, dass ich sein Geständnis nicht einfach für mich behalten könnte. So hat er durch mich eine Chance bekommen. Überleg mal, was wäre denn die Alternative für ihn gewesen? Ein Leben mit ständigen Schuldgefühlen und der Angst, dass alles rauskommt und plötzlich die Polizei vor seiner Türe steht. Das hätte er nicht ausgehalten."

„Kam er denn alleine", fragte Vivianne.

„Nein, ein Anwalt war bei ihm. Und er hat auch nicht alles ganz so gesagt, wie er es mir erzählt hatte. Na, ja. Mir ist es recht, wenn er ein mildes Urteil bekommt."

„Und wie sieht es jetzt aus mit dem Verkauf der *Wiese* ? Hast du da was Neues gehört?"

„Ja, klar, das steht doch heute schon in der Zuger Zeitung: Der Gemeinderat hat dem Verkauf mit knapper Mehrheit zugestimmt. Jetzt müssen sie eine öffentliche Ausschreibung machen. Es ist also noch nicht gesagt, dass Ostrowsky die *Wiese* bekommt, auch wenn sein Angebot praktisch unabweisbar ist. Aber vielleicht zieht er es sogar selbst zurück. Mein Kollege in Zürich, der Hauptmann Beaulieu-Flique, schaut ihm zur Zeit bei seinen Geschäften ordentlich auf die Finger, auch wenn er irgendwelche Immobiliengeschäfte tätigen will."

„Mathias hat mir gesagt, dass es ein Referendum über den Verkauf geben soll. Ab nächster Woche werden Unterschriften gesammelt, damit es zu einer Abstimmung kommen kann. Wer weiß? Was der Gemeinderat beschlossen hat, kann das Volk immer noch kippen."

„Na, dann hoffen wir mal auf das Volk."

Vivianne Betschart hatte Tabea und sich selbst noch die Reste aus der Sektflasche eingeschenkt.

„Prost, Tabea!"

„Prost, Vivianne!"

Um ihren Erfolg zu krönen, hatte sich Tabea nach Feierabend wieder einmal verabredet.

Sie fuhr mit dem Velo zum Brüggli. Schon vom Veloweg aus sah sie einen muskulösen Körper ausgestreckt auf einer Decke liegen. Andrea Masi hatte seine Arme hinter dem Kopf verschränkt, den Blick auf die noch immer weißen Alpengipfel über dem See gerichtet. Sie stellte ihr Velo unter ein paar Büsche und schloss es ab. Rechts von ihr lag der Campingplatz. Ein trauriges Gefühl beschlich sie.

„*Hoi*, Tabea", riss sie Andreas Stimme aus ihren Gedanken. Er war aufgestanden und kam ihr entgegen. „Schön, dass du gekommen bist." Er nahm sie in die Arme und küsste sie zärtlich auf den Mund.

„Schön, dass du da bist", erwiderte sie glücklich.

„Na, dann ... Ab in dein *Badkleid* und rein in den See!"

Ende

Glossar

Schweizerdeutsch	Deutsch
äs guets Plätzli	ein gutes Plätzchen
Ätti	Großvater
Agenda	Terminkalender
anhin	dahin
au en guete Morge	auch einen guten Morgen
Ausgang	ausgehen
Badi	Badeanstalt
Badkleid	Badeanzug
Bähnli	Bähnchen
Beschrieb	Beschreibung
Brockenstube	Stelle, die gebrauchten Hausrat oder Ähnliches entgegennimmt und zu wohltätigen Zwecken weiterverwendet oder verkauft. Eine Art Secondhandladen.
Büebli	Bübchen
Caramelzeltli	Karamellbonbon
Cervelat	Fleischwurst
Combox	Anrufbeantworter
du bisch's	du bist es
Einkaufssack	Einkaufstüte
Entscheid	Entscheidung
es Käffeli	ein Kaffee, ein Käffchen
Fischknusperli	panierte Fischstücke aus Süßwasserfisch; z.B. aus d. Zugersee
gehirnt	nachgedacht
Geldwäscherei	schweiz. für Geldwäsche
Gipfeli	Croissant
Glace	Speiseeis
Gömmer no eis go zieh?	Gehen wir noch etwas trinken?

Grüezi	guten Tag, grüße Sie
guet Nacht am Sächsi	dann gnade dir Gott
guete Morge	guten Morgen
Guetzli	Kekse
Hahnenwasser	Leitungswasser
Hämmer Fasnacht?	Haben wir Fasching?
Hämmer's	Haben wir's
Han i rächt?	Habe ich Recht?
Hoi	Hallo
im Fall	nur, eigentlich, falls du denkst
KKL	Kultur- und Kongresszentrum Luzern
Konfi	Marmelade, Konfitüre
Limite	Begrenzung
lupfe	es kann dich nehmen, du kannst daran sterben
Männerbadi	Männerbadeanstalt
Migros/Coop	Supermarktketten
Mineral	Mineralwasser
mol	doch
Muni	Stier
Natel	Handy
Nobelbeiz	Edelrestaurant
Novalgin	Schmerzmittel
Oha, lätz	Ojemine, herrjemine
parkieren	parken
Plastiksack	Plastiktüte
Quartier	Stadtviertel
Referendum	Volksabstimmung
Röteli	Rötel (Fisch im Zugersee)
s'isch gruusig	es ist grauenhaft
Sack	Tüte
Sauchaib	Schimpfwort: blöder Kerl
Schinkenbrötli	Schinkenbrötchen
Schiiss	Scheiß

schmöckt	schmeckt
Schüfeli	Schäufelchen
so en Seich	So ein Mist
Stange	schlankes, nach unten sich verjüngendes Bierglas
Spital	Krankenhaus
Stumpe	Zigarre
Thon	Thunfisch
Tupperdösli	Tupperdose
tüppig	schwül
Wangenküssli	Wangenküsschen
z'erscht isch's guet gsi	zuerst war es gut
Zmittag	Mittagessen
Znacht	Abendessen

Dialoge

S. 26

„Emily, chumm öppis go trinke. S' Mami het e feins Säftli."

„Emily, komm etwas trinken. Die Mama hat einen feinen Saft."

„Ja, ich chumme, Mami."

„Ja, ich komme, Mama."

„Weisch, Claudia, 's Emily trinkt z' wenig. Do muess i scho hinterher si."

„Weißt du, Claudia, Emily trinkt zu wenig, da muss ich schon hinterher sein."

„Yannis, chasch ruhig scho ins Wasser go. Hesch jo d' Schwümmflügeli scho a."

„Yannis, du kannst ruhig schon ins Wasser gehen. Du hast die Schwimmflügel ja schon an."

„Isch guet, Mami."

„Ist gut, Mama."

S.164

„Du lueg'sch dur mi dure, wie durch äs offnigs Fänschter,"

„Du durchschaust mit total."

„Genau. Chumm, spuck's
scho uus."

„Genau. Komm spuck's
schon aus."

S.168/169

„Das hesch doch gseh,
Gopferdori."

„Das hast du doch gesehen,
verdammt."

„Die Chueh hätt sich üs
eifach in Wäg gstellt.
Oh, Shit! Und jetzt bluet
i no am Chnü und s'Velo
isch au kaputt!"

„Die Kuh hat sich uns
einfach in den Weg gestellt.
Oh, Scheiße! Und jetzt blute
ich noch am Knie und
das Fahrrad ist auch kaputt!"

„Und ich wär fascht
verschosse worde."

„Und ich wäre fast
erschossen worden."

„Oh, lätz. Ja, sind Sie
de Jäger in d'Queri cho?"

„Ojemine, sind Sie den
Jägern in die Quere gekommen?"

„Nüt Jäger. Ä Aschlag
isch's gsi.
Uf mich persönlich."

„Nichts da, Jäger. Es war ein
Anschlag.
Auf mich persönlich."

„Komplett verruckt, die
Alti!"

„Komplett verrückt, die
Alte."

„Sie hend üs zwar üsi
Sunntigstour versaut,
aber unter dänne Umständ
bringe mir sie jetzt lieber
zämme uf Walchwil abe."

„Sie haben uns zwar unsere
Sonntagstour versaut,
aber unter den Umständen
bringen wir sie jetzt lieber
(zusammen) nach Walchwil
hinunter."

Was müen di au immer
so raase uf dene
Wanderwäg?

Was müssen die auf diesen
Wanderwegen auch immer
so rasen?

S. 172

Du chasch di Velo grad
im Chäller laa.

Du kannst dein Fahrrad gerade
im Keller lassen.

Französisch	**Deutsch**
Quelle belle surprise	Welch schöne Überraschung
doucement	ruhig, sachte (Geduld, Geduld)
n'est-ce pas	nicht wahr
de rien	bitte, nichts für ungut
très interessant	sehr interessant

Danksagung

Ich möchte an dieser Stelle besonders Brigitte Weiss danken für ihre wertvollen Beiträge als Lektorin, ihre Hinweise, die Zuger Gemeindepolitik betreffend, und ihre Vorschläge für regional authentisches Schweizerdeutsch sowie meinem Mann für die gründliche Endkorrektur und guten stilistischen Vorschläge.